一瞬煙火

A MOMENT

紫砂 著

一瞬煙火

作者／紫砂
策劃編輯／賴百樂
協力編輯／卓希雪
美術設計／陳詩韻
插圖／孫威軍
出版發行／突破出版社
香港沙田亞公角山路 33 號突破青年村
電話：2632 0000　傳真：2632 0388
電郵：breakthrough@breakthrough.org.hk
網址：http://www.breakthrough.org.hk
http://www.btproduct.com
承印／陽光（彩美）印刷有限公司
2022 年 6 月初版 1 刷
2024 年 2 月初版 2 刷

A Moment

by Zisha
First Printing, First Edition, June 2022
Second Printing, First Edition, February 2024

Printed in Hong Kong
ISBN 978-988-8562-63-3

本書採用環保油墨印刷

每一個
年輕人都應當
乘着夢想的
翅膀出航。
成長文學

目錄

序一：她是寫作人的料

阿濃

認識紫砂在許多年前，一個中五女生，來溫哥華探親，順帶以小讀者身分探望她喜愛的作家：我。

經過一段悠長歲月，她已完成學業，在社會拼搏多年，忽然記起這位多時失聯的朋友，在網絡上與我相見。

跟寫作人聊的話題以寫作為主，旁及她的往事和對人生的看法，使我得出一個結論：她是寫作人的料。

她在大學修的是中國語文，她的工作也是教語文，所以她的文字沒問題。她寫作的速度快，靈感充沛，意念一到，文字立即傾瀉而出。

她的童年並不愉快，曾是被欺凌的對象，她也因此學會保護自己。她不是一個「乖」的青少年，流連機舖，成為打機皇后，但她同時在機舖溫書，成績還很可以，最後考進港大文學院。

她交友，她工作，有許多不一般的經歷，我認為這些都是寫作事業的肥料，其中有人物，有故事，有感情的衝擊，是她積澱豐厚的資本。

但對她幫助最大的還是閱讀，讀書是她最大的嗜好，她看得快，看得多，看得雜，不同流派的作家成為她自學的老師。在這方面她有過人的敏悟。

她在網絡上寫散文也寫小說，散文的特點是不論什麼題目到她手上，便有不一般的觀點和掀動讀者感情之處。小說的特點是想像力豐富，故事在現實和非現實之間發展，這給她更大的寫作自由。而每個故事後面都有她想表達的理念。

這是紫砂的第一本書，初試啼聲，難免有不足之處，但我已看到，她是寫作人的料。

序二：一百滴潑墨，是千朵菊梅幻化

草川
著名資深現代詩人

香港一向可說遍地都是才俊才女，其實是太客氣，捧自己文化人的井邊宣傳。能夠求其其，順筆隨意寫些抒懷文字，這類型的作家，在七十年代，極多，那時是才女泛濫的時期，早過去了。

九十年代以來，到今時今日，很難找到喜歡寫作的女孩子，可以把自己的胸臆情懷，深邃的細語思路，不是以平鋪直敍方式，演繹在早已不再是原子筆，不再是小小方格的訊息中；因為現世此刻，再不是惆悵憂傷和鬱悶的人間，原稿紙和框框格子的年代了。

每一年代的思潮構想，必須超越不實在的歲月空間，也不必深究是什麼理由，因為法爾如此如是。作為真正才情和潛質俱全，不論她是否將來燦爛，首先是她的筆觸基礎，可控制的文字，猶古代的筆之與墨，一百滴潑墨，是千朵菊梅幻化。

紫砂妹妹是真正才女型的作者，全面而且秉顧文字的契合和境界，特別是稱之為朦朧的細膩空間。了解和處理什麼才是微妙的境界，是眾多的作家難以駕馭的地方，只有俱備直接和直覺的才情，才可以做出讀者和作者之間的靈感地帶。讀者也必須被作者，緣起妙到之筆，帶出看書的興趣，其實讀者也需要這種，所謂閱讀的靈感。

怎樣才有這種力量，產生作品的韻味靈力，而不陷於文字上的粗糙堆砌，不在表面上產生小河流川效應，迷人的作品是：當你在平滑無風的湖面，划舟而過，也可以欣賞百潯之下，一堆一族的忘憂游魚——紫砂可以做得到。

序三：像極了愛情

關則輝教授
M.H., J.P.

為愛情小說寫序言還是我的首次，之前寫的都是圍繞企業管理和個人傳記的。樂意為紫砂首本個人著作寫序，是因為喜歡她是天生的說故事能手，作品不拘於愛情小說的套路，加上超乎常人的想像力，引領讀者屏息緊跟情節發展，不期然代入了故事人物之中。

在讀〈流星的願望〉時，我便想像自己是阿仁，一起經歷和流星發自內心的互動，差點沒向流星說出了三個願望呢。

我在讀〈煙火〉時，活像跟主角穎彤一起跑那趟單人到台中，跟素未謀面的網友宇凡會面的冒險。穎彤從線上認識、暗中愛上宇凡、到線下會面，瞬間活像璀璨的煙火，卻教穎彤忐忑，感覺不真實。故事發展由絢爛回歸於無，帶點淒美……

紫砂文字細膩，委婉動人，讀來詩意盎然，時而跳脫，倏忽卻有點輕愁，像極了愛情。

序四：人間有情兮情是何物

莫華勳大律師
皇仁舊生會中學有限公司主席

各行各業皆有成功人士，有人少年得志，有人身後成名，際遇各有不同，軌跡始終如一，就是定下目標，往成功之路勇闖。不過成功非必然，是有條件的。

成功需要才華，尤其是在文藝工作上，沒有才華就會輸在起跑線，而且可能輸得很慘。但即使有才華，卻欠努力，亦是徒然。努力並不是靠一股蠻力，「努」字可圈可點，用盡全力卻不識變通，匹夫之勇而已，何足道哉?所以努力之上，還要加上方法。

而各行各業內的努力，方法各有不同。在文字工作的行業上，寫人、寫事、寫景、寫意，無不需要對上述各項有深入的觀察、詳細的分析，再用簡潔易懂的文字描述、表達出來，好讓讀者讀後如身歷其境，更可以產生共鳴。

說時容易，如果功力和努力皆不足，只會力有不逮；又或者只以個人經驗與立場，強加於讀者的思維，更會弄巧反拙。

所以才華加努力，再加上技巧與活在現實中，才能與讀者以至社會同步。通過觀察、理解與分析，對人物、事件與意境從不同的角度，以入世的筆觸表達出來，才算是上乘之作。

接觸紫砂的文章，正好有上述的感受，加上不可多得的情節、細膩的筆法、清新可喜的詞彙運用，就好像她坐在你身旁，細數她所見、所經歷、所感受的人和事。閱後才知人間有情，而情又是何物——生離死別是情，一生思念亦是情，至死未休，莫失莫忘更是情。

嚴格來說，我和紫砂都是從事文字工作的業者。只不過我尚嚴謹，限於事實與證據的陳述，加以論辯，絕不能天馬行空；而她卻可以馳騁於無窮想像之中，不受世俗規條牽絆，令我羨慕不已。

欣逢《一瞬煙火》初版，謹奉序以賀，更期望可以看到更多她的作品面世。

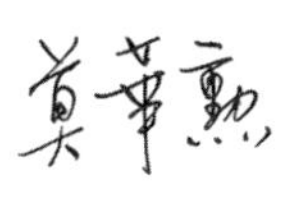

自序：壞學生的好榜樣

紫砂

從小到大，「反叛」就是我的代名詞。

我只要拿着教科書，不到半小時便會睡着；但大半夜蒙着被子，悄悄開着手電筒偷看漫畫，卻能徹夜不眠。

要我坐在書桌前做功課做補充練習，坐上一個小時已如坐針氈；但我每天都會坐在電視機前看卡通片，看上兩三個小時，看得津津有味。

無論母親是狂罵還是暴打，也無法阻止我玩樂，於是她狠狠地丟下一句：「你這麼貪玩，肯定是唸不成書的了！待你書讀不上去的時候，我就丟你出外工作，家中可沒那個錢送你出國！」

我正襟危坐，認真地望向母親：「一言為定。」

於是，每次考試我都控制成績在首30%的位置——如果全班三十人，我會考第十名；如果全級一百人，我會考第三十名。

我熱愛玩樂，討厭沉悶刻板一成不變；喜歡看所有與考試無關的書，不喜歡看教科書。對我來說，唸書考試不過是為了給母親一個交代。

偏偏，我非常擅長考試。因為，我善於玩遊戲，大部分遊戲都有規可循，只要掌握了規則的架構，便能用最少的資源獲得最大的成果——考試亦如是。

我把考試當成一個遊戲來玩，甚至在遊戲機中心內溫習和做Past Paper——因為家中母親不給開空調，而我又沒法搶到自修室的位子——離家不遠而有桌椅又有空調的地方，就只有遊戲機中心。

每當溫習告一段落了，我便玩一會兒遊戲獎勵自己，多方便啊！

但週末時我會在圖書館泡上一整天，在我中學一年級的時候，我已經把我家附近的公共圖書館的「小說」區域全看完了。誠然，當中有很多小說在當時無法理解，只能囫圇吞棗，卻又不知不覺間培養了我的中文修養。

文學與遊戲，兩個八竿子打不着的事情，就這樣在我身上融合在一起。

我小學五年級時便上了電視的遊戲節目，不但輕鬆過關，還成了當週成績最佳的參賽者，獲得四人四日三夜的免費酒店食宿；大學時參加第一屆三國志大戰的全港比賽，以女兒身在一羣男性中脫穎而出拿了個冠軍，更是唯一一個擊敗了當時日本 No. 1 玩家的香港人，從此，男生對我刮目相看，沒有人再把我當女生看。

可能看到這刻你會問：這怎麼看都是一個反叛少女的故事，怎麼就是壞學生的好榜樣啦？

我說過了，考試也不過是一場遊戲。

我會考中文拿 A、高考中國語文及文化拿 A，考進了香港大學文學院；後來以自修生身分報考 DSE 更是拿了個 straight 5**。

以上種種，母親從來沒有予以一句肯定。

在她眼中，我遊戲人間固然是不務正業；但考試成績好，卻又是理所當然的。而且，這世上永遠都有成績比我好的人，母親總是跟我說：你看某某，不是比你高五分嗎？

這種無休止的比較也曾使我一度氣餒，自暴自棄的放棄學業，幾乎留班；但後來想通了，如果自己就這樣沉淪下去，那豈不是剛好應驗了母親的「睇死」？

我遊戲人間，是一種反叛；我想證明給母親看玩樂與成績是可以並存的，也是一種反叛；我剪短髮、穿寬身的運動服與波鞋、絲毫沒有適齡人的打扮，更是一種對自身性別的反叛。

皆因母親在拿我的成績沒轍後，又找到了新的切入點，她不只一次說過：「你胖得要死，樣子還跟你爸一模一樣，女生男相，哪有男生會喜歡你！」

於是我又非常努力的想證明給母親看，即使我外在跟宅男無異，但憑着「內在美」還是會找到真心喜歡自己的男生。

這次，我踢到鐵板了。

原來，在愛情當中，恰當的外表，還是很重要的。

經過歲月的打磨和社會的洗禮，現在我已不像年輕時那麼反叛，但，當身邊的朋友知道我當上老師時，嘴巴還是驚訝得久久不能合上。

他們認識的人當中，最能配得上「反叛」二字的人，竟然當了老師，還教中文？

說真的，起初連我自己也沒信心，我知道自己不可能成為那種要求學生勤學苦讀早操晚練的老師，而且聽身邊的當教師的朋友說，如今師道之不傳久矣，學生比教師還兇……兇？

我想起自己曾到某間專收問題學生的學校，擔任小組導師的經歷。我永遠忘記不了那羣大男生，每個都比我高出一個頭以上，在我甫進班房的時候便居高臨下的睥睨着我，一陣強烈的江湖氣息撲面而來。

我毫不畏懼地露出了笑容，開始自我介紹。

「各位同學，大家好，我是紫砂。我最喜歡打機了，曾經在某遊戲的公開比賽拿過冠軍，你們當中有誰也喜歡打機呢？」

過不了多久，這羣大男生紛紛回復了他們這年紀該有的面貌，好奇、興奮、嚮往盡皆有之。我透過自身的故事讓他們知道，世上能走的路不只一條，關鍵是，你現在走着的那條路，到底能不能帶你走到你所渴望的終點。

「上次你跟他們說了那番話後，有兩三個男生私下向我表示想試試努力唸書看看。」

後來社工這樣跟我說，「你是怎麼辦到的？」

因為我懂，他們的反叛，是對這個令他們感到迷失的世界的控訴。

每個人都曾在人生的交叉口中迷失過，跌過，錯過。這是一種歷練，是構成你之所以為你的重要記憶；只要我們清楚明白自己的最終目的地，向着目的地的方向一步一步前進，即使舉步維艱，也終有一天能磨杆成針。

當然，如果在這條道路上，遇上能跟你互相扶持的人、在你跌倒時會幫助你的人、在你犯錯時會指正你的人，請好好珍惜，因為，這些人並非必然會在你的生命中出現和逗留的。

我就是在這條艱難的砂路上，幸運地遇上很多很多對我影響至深的人，從此我對這個世界的看法變得不一樣。

一場相遇，往往影響一生。

在你翻開這本書的這一刻，我們就相遇了。

那麼，這場相遇，又會怎樣影響反叛的我，與看書的你？

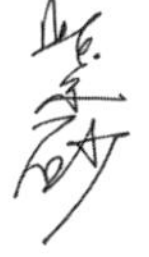

煙火
逢甲大學

「飛機前方遇到氣流，將會有小小的顛簸，洗手間已經關閉，請各位乘客回到座位，繫上安全帶……」

穎彤一邊緊挨着有點狹窄、不甚舒適的座椅，一邊遵照機艙內廣播的指示扣上安全帶。

她身旁坐了一個有些豐滿的中年女人，她的左手搭在座位的扶手上時，幾乎是緊貼着穎彤的右臂。

穎彤往窗邊稍微縮了縮身子，她不喜歡跟陌生人有身體上的接觸。

沒辦法，廉航就是這樣子。

安裝在前座後方的電視機播放着老舊的電影，穎彤無聊地拿起遙控器想找些比較有趣的片子，但最終還是切回了飛行航程的畫面。

距離目的地：192 公里

預計所需時間：34 分鐘

還有三十四分鐘，穎彤便會踏足台灣桃園機場。

她從背包中掏出一疊列印出來的資料，再三確認從機場到逢甲的交通。

台北和高雄，她從小就跟着家人去過了幾遍；但台中，這還是頭一回——而且，這還是她第一次的「一個人的旅行」。

在確認自己能考上心儀的大學學系後，剛滿十八歲的穎彤向父母提出了一個要求——她希望一個人到台中探望一位網上認識的朋友。

記得當時父親的眉頭緊緊皺着，一臉的警惕：「網上認識？台灣人？怎麼認識的？認識了多久？怎麼我們都不知道？」

穎彤坦白：「在網路上玩桌上遊戲認識的，快六年了。」

「桌上遊戲？」

穎彤從小就喜歡玩桌上遊戲，小學時已參加學校的桌遊小組，放學後跟同學一起玩「大富翁」、「戰國風雲」、「妙探尋兇」等經典桌遊，每次穎彤都全情投入爭取勝利，偏偏其他同學只是抱着「不過玩玩」的心態，結果長勝的穎彤漸漸被其他同學聯手排斥——

「只要戴穎彤輸，誰贏都可以。」

穎彤退出了小組，在升上中學之前再也沒有碰過桌遊。

然而，升上中學之後，有一次她在學校的圖書館看到一個男同學正用電腦玩桌遊，她才曉得世上原來有一個網站包涵了數十款不同地區的桌遊，供世界各地的人一起切磋交流。

當天回家她就上那網站註冊了帳號。

一進網站，穎彤就被眼中各式各樣的桌遊嚇得傻眼了，絕大部分都是她從未在玩具店或學校見過的桌遊，壓根兒連規則都不知道！

這時一個陌生的帳號向她傳來了一個訊息：「安安，你是新來的嗎？」

穎彤覆了一句：「是的。」

對方又問：「台灣人？」

「不，香港人。」

「喔！真意外，這兒很少遇到香港人呢！你平常喜歡玩哪些桌遊？我們來對局一下吧！」

「……老實說，這兒的桌遊我都不會玩。」

對方頓了幾秒，然後傳來一句：「那我教你玩吧！」

「好啊！謝謝你！」

「我叫宇凡，你呢？」

「我叫泳兒。」穎彤可沒笨到把真名告訴一個萍水相逢的陌生人。

雖然，幾年之後，宇凡還是知道穎彤的真名就是了。

「所以，你要一個人去台灣找一個素未謀面的男生？」父親聽罷穎彤的解釋，臉上露出了「絕對不同意」的表情，「也太危險了吧！」

穎彤拿出早就列印好的資料：「這是宇凡的電話、地址和他就讀的逢甲大學學生證，他說如果你們有什麼疑慮都可以直接打電話給他問個清楚明白。」

父親瞄了那張紙一眼，毫無接過來的意欲，反之本來一直默不作聲的母親一手接過資料：「明天我會打電話給這位宇凡，如果他能給我足夠的信心，我就同意你一個人去台灣。」

父親瞪大了眼睛望向母親，母親背對着父親，悄悄的對穎彤打了個眼色。

也不知宇凡跟母親說了什麼，總之最後父母總算是同意讓穎彤一個人前往台灣了——作為她升讀大學兼滿十八歲的禮物。

飛機順利抵達桃園機場。

在踏出機場禁區後，穎彤拿起早換了台灣電話卡的電話按下了一串號碼。

「喂？」

「宇凡，我是小穎，我到台灣了。」

「小穎啊？那真是太好了！你懂得來逢甲嗎？」

「嗯，你發來的資料我看了，在機場搭客運在朝馬站下車，大約三小時左右。」

「是的，你在快要下車的時候再打個電話給我，我騎車去接你。」

「好的，謝謝。」

掛線後穎彤按照地圖的指示走向客運巴士站，買了前往台中的車票，上了車。

車子啟動的時候，穎彤撥了一通電話給母親：「媽？我到台灣了，現在正坐客運前往台中。」

母親的聲音，平靜中夾雜着一絲關懷：「彤彤，出門在外，萬事都要小心，常常保持警惕，不要胡亂相信不認識的人。至於宇凡這個年輕人，媽媽只有一句話，你這麼聰明，我相信你會懂得保護和珍惜自己。」

穎彤「嗯」了一聲，母親再叮嚀兩句就掛線了。

窗外是一連串陌生的景色，連陽光照射的角度也彷彿跟香港有所不同，穎彤把頭靠在窗邊，好奇地打量着這新鮮的風景，心中卻不免有些忐忑。

萬一宇凡反悔不來接她怎麼辦？

萬一宇凡其實是一個禿頭的中年大叔怎麼辦？

萬一宇凡其實就是誘騙女孩子的壞人怎麼辦？

萬一……

縱使在網上相交六年，但穎彤還是對宇凡抱着一定的戒心，畢竟，網上的形象是可以偽裝出來的，孰真孰假，只有見面了才知道。

想着想着，疲累使她合上了眼皮。

再度睜開眼睛時，巴士已到朝馬站。

「請等等！我要下車！」

穎彤連忙提起笨重的背包匆忙的下了車，還吃了司機一記白眼。當她跳下巴士好不容易回過神，拿起電話準備打給宇凡時，一把聲音從她的背後響起：「你是小穎嗎？」

驀然回首，那張在臉書中見過無數次的臉孔，正活現在眼前。

清爽的短黑髮、淺蓋着額的劉海、黑色粗框眼鏡也藏不住的濃眉、略顯乾燥的厚唇、小麥色的皮膚、棱角分明的國字臉，通通都予人自然不造作之感。

穎彤慢慢走到男孩跟前：「我是，你是宇凡嗎？」

男孩露出了一個燦爛的笑容：「對啊！我們認識了這麼久，終於見面了！」

穎彤向他點頭致意：「是啊，初次見面，宇凡你好，往後三天就打擾你了，請多多指教。」

宇凡輕蹙眉頭：「都六年的朋友了，你這是跟我在客氣什麼？」

穎彤愣住了，一時接不上話。

宇凡也不多廢話，直接把一頂紅色的安全帽遞向穎彤：「戴上它，然後上車。」

穎彤這時才留意到宇凡身後停泊着一輛機車。

「幸好你的行李只有一個背包，你背着就可以了吧？」宇凡一邊戴上了另一頂黑色的安全帽，一邊騎上機車。

穎彤點點頭，戴上了安全帽，跨坐在機車的後座上，然後雙手有點手足無措，抓了幾下空氣，找不到能維持身體平衡的扶手點。

「抓住我的腰。」宇凡說道。

穎彤猶豫了一下，最終伸手抓住了宇凡的肩膀。

宇凡也沒多說什麼，就這樣直接開車。

這是穎彤第一次坐機車，全身上下都感受到撲面而來的風，而且還能在車羣中自由靈活地穿插着，感覺非常新鮮。

在某盞紅燈前停車時，宇凡微微扭頭問：「餓嗎？」

穎彤略點頭：「有一點。」

宇凡沒有再說什麼，綠燈一亮他的機車又如箭般飆出在路上飛馳。

大約十五分鐘之後，宇凡把機車駛進了一個巷子之中，巷子的盡頭是一幢三層高的平房。

「到了。」宇凡把車子泊在巷子一旁，下車脫了安全帽，「來，把安全帽給我。」

穎彤也下了車，把脫下的安全帽遞給宇凡。

宇凡把安全帽鎖好後，走到平房的門前掏出鑰匙開了門：「歡迎蒞臨我家！」

穎彤不着痕跡地深呼吸了一口氣，然後邁出了前進的步伐，從驕陽的照射中步進了陌生的黑暗。

甫進門，由於眼睛還未適應的關係，穎彤瞇起了眼睛打量四周。平房的整個第一層都是起居室，有廚房、飯桌、沙發，電視，房間的角落還堆放了一堆雜物和一個半人高的紙皮箱。

對於生活在香港的穎彤來說，這個起居室絕對是大得驚人。

「先到房間把行李放下吧。」宇凡領着穎彤走上矗立在起居室正中央的樓梯，穎彤隨他走到平房的一樓，整個一樓就只有一條細長的走廊，和左右兩邊各有一個房間。

宇凡向右指了指：「這是我的房間。」

他再向左指了指：「這是你的房間。」

穎彤的視線沿着階梯往上望：「那上面是……？」

「那是我爸媽跟我弟弟的房間，不過他們前天出國旅遊了，下星期才回來。」

「出國旅遊？」

穎彤用疑惑的眼神望向宇凡。

「是我弟啦，偷偷的幫爸媽報了個韓國首爾濟州島九天團，說是要給爸媽一個驚喜，結果他們就拋下我一個去玩了。」

「所以說……現在這座房子裏就只有我跟你嗎？」

宇凡怪不好意思地搔了搔頭：「是啊，可請你放心，房間是分開的，我也絕對不會做任何奇怪的事情……我保證！」

看到宇凡一臉認真地解釋，穎彤哈哈一笑，擺出一個空手道的起始姿勢：「沒關係！

如果你敢胡來，我會直接把你揍一頓！哈！」

宇凡眉頭一揚：「你會空手道？」

穎彤聳了聳肩：「看日劇學的。」

語畢，穎彤還裝模作樣的向宇凡空劈了一記手刀，宇凡很配合地一邊裝出吃痛的樣子，一邊領着穎彤走進了左側的房間，那是一個相當寬敞明亮的房間。

房間裏只有一張牀、一部空調、一張書桌、兩張圓型木椅子、一部手提電腦，就什麼都沒有了。

「嘩，好大的房間！」

「你的反應也太誇張了一點。」

「這房間在香港是一個獨立單位的大小了！」

「是香港的房間太小了吧？」

宇凡走到桌子旁，用食指沿桌面順手劃了一下，再用拇指捻了捻。

「這房間理論上是客房，可是平常根本沒幾個客人來，我也就沒怎麼添置過什麼。但請放心，得知你會來之後，我已經從頭到尾徹徹底底打掃了一番，所以房間的整潔狀況是沒問題的！」

穎彤點點頭，她走近牀邊，把肩上的大背包放在亞麻色的牀鋪之上。

「下飛機後還坐了這麼久的車，你一定累壞了。你先整理整理行李，好好休息一下，今晚我再帶你去吃好料。」

穎彤點點頭，然後又搖搖頭。

「怎麼了？」宇凡關切地問

穎彤有點不好意思地揉了揉肚子：「我已……肚子餓了……」

宇凡赧然一笑。

只見他啪噠啪噠的走回自己房間，然後拿着一包零食出來，遞向穎彤。

「紅燒牛肉味洋芋片？」

穎彤驚奇地把手中的零食翻來覆去看了幾遍，這還是她第一次看到的味道。

「好吃嗎？」

「當然好吃！不然怎麼會給你吃！」

「也對……」

穎彤拉開了洋芋片的封口，一陣紅燒牛肉的香氣撲鼻而至，就像一碗沒有溫度的紅燒牛肉麵正放在自己面前。

可是，總覺得有點怪怪的。

「快嚐嚐看！」

懷着對未知味道的忐忑，穎彤在宇凡的熱切注視下，鼓起勇氣拿起了一片灑滿了紅色香料的金黃洋芋片，深深吸了一口氣，然後，閉着眼把洋芋片丟進口中！

一股紅燒牛肉的味道結合了洋芋片的口感，瞬間在穎彤口腔中擴散開來，嗯，就是一碗冷了又沒湯汁，並夾雜了馬鈴薯味道的紅燒牛肉麵，而且還沒有肉。

她努力地嚼了幾口，在不會噎着的前提下，連忙把口中那陌生的質感囫圇吞棗的吞下肚。

甫睜開眼睛，就看到宇凡一雙熱切的眼睛：「好吃嗎？」

穎彤違心地點了點頭。

「吃幾片就好，別吃太多，今晚會吃大餐的！」

宇凡邊說邊走出房間，卻沒有順手關上門。

穎彤連忙拋下手中的洋芋片，把門關上，然後背靠着門長長的吁了一口氣。

這個宇凡……跟自己過去六年所認識的那個他有點不一樣。

網絡上的宇凡，溫柔、細心、聰明，而且很有幽默感；怎麼現實中的他卻……有點兒天然呆？

穎彤想着想着，視線落在那被無情地拋棄在牀上的紅燒牛肉味洋芋片，忍不住噗哧一笑。

別。

怎麼說呢？總覺得他有點傻愣愣的，跟網上那個精明能幹的台灣公會會長是天淵之別。

這時手機鈴聲響起，穎彤連忙掏出手機接聽：「喂，媽？是的，我已經到宇凡的家了……嗯，知道了……我會小心……不會在人前失禮的，放心吧。」

穎彤沒有把宇凡的家人全都到韓國旅行的事情告訴母親，她不想節外生枝讓母親想太多。

她已經十八歲了，她知道自己能夠好好的保護自己。

掛線後，穎彤徑直走到牀前把背包打開。

穎彤本身攜帶的行李不多，才幾件衣服和簡單的梳洗用品，一瓶有遮瑕成分的防曬霜、一枝微桃紅的潤唇膏及一枝黑色眼線筆，已是她的全副家當。

她順序把梳洗用品和化妝品拿出來放到桌子上，然後看到母親事先準備好放在背包深處的禮物。

穎彤一把將禮盒抽出來夾在腋下，本來放在禮盒旁的一個淺粉紅色信封緩緩倒在背包中央。穎彤拿起了那封信，猶豫了一下，然後又把它放回背包中。

她捧着禮盒走出房間，沿着細長的走廊走到另一端，剛好看到宇凡跟人通電話。

「對對對，你們先直接去那，我再騎車載她來……小穎？你找我嗎？」

宇凡匆匆掛了線。

穎彤站在門口，故意用手輕輕在沒關的房門上敲了幾下。

「我媽說我來你家打擾了，所以準備了薄禮致謝。本來是要送給你父母的，但他們去旅行了，那就只好交給你啦。」

穎彤走到宇凡跟前，把禮盒遞給他。

「有朋自遠方來，招待朋友是應該的，絕對不是什麼打擾，伯母也太客氣了……」

穎彤翻了個白眼，捧着禮盒的雙手往前推了推，宇凡只得把禮物接過來。

「……那，代我謝謝伯母囉。」

穎彤點點頭，剛要轉身離開時，宇凡突然喊住了她：「小穎，行李收拾好了嗎？我們出發吃大餐去！」

穎彤再次戴上了安全帽，再次搭上了宇凡的肩，在安全帽的方框內睜着大大的眼睛，感受着沿途陌生的風景。

混亂的交通、矮小古舊的平房、與香港截然不同的淳樸悠然的生活氣息，這一切對穎彤來說都是那麼的新鮮。

就連坐在機車的後座，雙手搭在男孩的肩上，感覺都很新鮮。

宇凡騎車的技術很好，風馳電掣了好一會後，他在一間火鍋店前停了車。

穎彤抬頭看了店的招牌一眼：「麻辣火鍋？」

宇凡自豪地點了點頭：「來台灣，當然要嚐嚐地道的麻辣火鍋！」

穎彤背上一陣冷汗流過。

她也不是不吃辣，可是她吃不得太辣！

看着宇凡一臉盛意拳拳的樣子，穎彤也只能硬着頭皮走進火鍋店之中。

待會兒叫個清湯鍋應該可以吧……

甫走進火鍋店內，穎彤便知道自己太天真了！

「宇凡！這邊！」

在瀰漫着濃烈辣椒氣味的火鍋店裏，一張十二人的桌子已穩穩當當的坐了十個人，桌子中央那個堆滿食材的大鍋正翻滾着恐怖的鮮紅！

宇凡領着穎彤在剩餘的兩個位子中坐下，席上其他人都掛着一個熱情好客的笑容盯着穎彤看，看得穎彤有點坐立不安。

「小穎，這些都是公會的夥伴喔！跟大夥線下聚會還是第一次吧？」宇凡解釋道，「我來介紹，這個是小魔女……」

小魔女，是一個又高又壯、滿臉暗瘡的胖子。

「這個是貓咪老師……」

貓咪老師，是一個皮膚黝黑的中年大叔。

「這個是逢甲彭于晏……」

這個，穎彤已經不想形容了，總之跟彭于晏本人毫無關係就是了。

不過大家都是穎彤在桌遊網站一起玩、認識了很久的網友，同屬宇凡管理的「福爾摩沙」台灣公會。

好不容易介紹了一圈後，也不知道是誰帶頭鼓的掌：「歡迎香港的小穎來台灣參加線下聚會！」

整桌的人都一起鼓掌，蔚為壯觀。

穎彤不好意思地看了四周一眼，發現即使他們這桌鬧出了這麼大的動靜，其他的食客也只是略略向這邊瞄了一眼，然後若無其事的繼續該吃的吃、該喝的喝。

「來，小穎，你剛不是說餓壞了嗎？快來嚐嚐這兒的麻辣鍋！」宇凡一邊說一邊把一塊烏黑油亮的東西夾進穎彤的碗子裏。

穎彤看着碗中那塊陌生的「食物」，忍不住問：「這是什麼？」

「米血啊。」

「什麼是米血？真的有血還是……？」

宇凡瞪大了眼睛：「什麼？你在香港從來沒有聽說過米血嗎？」

穎彤搖了搖頭。

「米血就是糯米加鴨血啊，然後再用鹵水汁腌製……」

怎聽也不像是好吃的節奏啊。

穎彤如臨大敵般的盯着眼前那片小小的黑色東西，宇凡充滿信心的鼓勵她：「嚐嚐看吧，這個很好吃的。」

其他人也來起哄：「對啊對啊！吃吧吃吧！」

穎彤心中暗暗歎了一口氣，然後閉上眼睛，一口氣把那片黑色東西丟進嘴裏！

嗯，糯米是正常食材，鴨血也是正常食材，鹵水汁也是正常調味料……

但這不代表，這三種食材合起來，味道會是正常的啊——而且還超辣的好不好！

穎彤在眾人期待的目光注視下，盡量不經咀嚼地把米血直吞下肚，然後露出了一個禮貌的笑容：「很特別的味道呢。」

大家頓時吁了一口氣，開始觥籌交錯的吃了起來。

各人一邊吃一邊互道近況，看來他們常常辦這些線下聚會，早就成為了現實生活中的好朋友。

搭不上嘴的穎彤，只好默默挑着看起來比較正常的蔬菜和肉片來吃，不過每吃幾口就得喝一口烏梅汁解解辣罷了。

「悶着你了嗎？」宇凡留意到穎彤的沉默，在她耳邊低聲問了一句。

穎彤勉強打起精神笑了笑：「沒，只是有點累。」

宇凡點點頭，沒說話。

好不容易撐完一頓麻辣鍋，逢甲彭于晏建議去錢櫃（台式連鎖卡拉OK店）唱歌，宇凡在穎彤表態前，便搶在前頭說：「小穎今天才下機，早已累了，下次才去唱歌吧。」

回程的路上，穎彤繼續搭着宇凡的肩膀，前臂輕輕貼在他的後背上。

夜色在侵蝕四周，夜風任性地呼嘯，兩人一路無話。

到家後，宇凡先讓穎彤洗澡，自己拿了一罐冰啤酒在房間內默默喝着。

即使穎彤再遲鈍都能察覺得到，宇凡心情不好。

「宇凡，怎麼了？是不是我做錯什麼了？」

剛擦乾頭髮的穎彤站在宇凡的房間門口，略帶擔憂地問。

宇凡猶豫了一下，像是在思考該怎麼表達才好：「……今天的聚會是特意為小穎你辦的，大家都是專程從不同地方坐車過來的。」

「嗯，我猜到。」

「可是，你看起來一點都不快樂。」

「對。」

「為什麼？」

「因為我來台灣不是來探望他們的，更不是來參加線下聚會的。」

「那你來台灣想幹啥呢？看風景？吃東西？」

「我來台灣，是來見你的。」

宇凡霍地抬起頭看着穎彤。

「我只會逗留四天三夜，現在已經過了一天一夜了。」穎彤語氣中帶着淡淡的惋惜，「我希望，餘下的時間，由你來陪我一起度過。」

語畢，穎彤也不敢去確認宇凡臉上的表情，直接扭頭就走回自己的房間。

關上燈，躺上牀，蓋好被，穎彤胸中那狂亂的心跳卻仍未慢下來。

兩年前，穎彤發現她喜歡上宇凡了。

悄悄的、暗暗的、淡淡的，喜歡上這個溫柔、細心、聰明，而且很有幽默感的台灣男孩。

當時宇凡有個拍拖七年的女朋友，更別說其實兩人從未真正見過面，這樣就「喜歡」

上了一個只是每天一起玩遊戲、偶爾會通電話聊天的男孩，未免有些兒戲。

那一刻穎彤只能對着電腦熒幕苦笑了，默默的把這份情愫藏在心中。

直到半年前，宇凡跟女朋友分手了。

陡然之間，香港與台灣之間那七百多公里的距離，突然就變得沒那麼遙遠了。

我是不是表達得太直接了？宇凡會被嚇着嗎？明早該用一個怎樣的態度面對他才好呢……？

穎彤一邊在腦海中有各種想法，天人交戰，一邊漸漸進入了夢鄉。

翌日，穎彤早上八點便醒來了，大概是思緒太多，睡不安穩。

她拿着梳洗用品走向走廊中央的洗手間，剛好碰上宇凡也打着呵欠走出房間，雙方視線瞬間對上，彼此都迅即停下了動作，連兩人之間的空氣也彷彿凝結了起來。

宇凡眼睛下掛着一雙大大的黑眼圈。

穎彤首先忍俊不禁：「哈哈，你的黑眼圈好深啊！好像熊貓！」

宇凡瞬即反應過來：「笑什麼！你也沒比我好多少！」

「什麼？」

穎彤連忙跑進洗手間，在鏡前一照，天啊，好深的黑眼圈，活脫脫的就是一隻浣熊！

「小穎，我想好今天要帶你去哪兒玩了，你先刷牙洗臉，然後我帶你去早餐店吃早餐。」

穎彤「嗯」了一聲，匆匆忙忙的梳洗完畢後，便回到房間換好衣服，順道化了個淡妝。

宇凡早就在機車旁等着。

穎彤熟練地接過安全帽戴上。

宇凡一路都沒說話。

穎彤沉默地摟住了他的肩膀，靜靜地欣賞着沿路的風景。

終於，機車在一間蛋餅店前停下。

「吃過蛋餅嗎？」

「蛋餅是什麼？雞蛋做的餅嗎？」

「蛋餅大概就是……包着很多餡料的煎雞蛋卷吧……」

兩人在店子前拿着餐牌研究了一番，最終穎彤點了比較「安全」的火腿起司蛋餅，宇凡則點了芋泥肉鬆蛋餅。

「合共一百一十塊，謝謝！」

穎彤剛掏出錢包想付錢，宇凡卻搶先一步把賬付了。

她只好把手中的一百塊錢遞向宇凡。

宇凡看着她，一臉「你認為我會收下嗎？」的表情。

穎彤鼓着腮嘛着嘴，立刻把那一百塊錢改為遞向蛋餅店的老闆娘：「兩杯豆漿，冰的，謝謝！」

老闆娘眉開眼笑的接過了錢：「好的，兩杯豆漿，冰的！」

「你請我吃蛋餅，我請你喝飲料！」

宇凡看着穎彤倔強的樣子，一臉又好氣又好笑的神情：「好好好，這杯豆漿我會非常珍而重之地好好喝完的。」

「不用珍而重之這麼誇張吧？」

「因為，這是你請我喝的第一杯飲料啊！」

兩人領了食物後便在早餐店裏坐下，香噴噴的蛋餅看起來很誘人。

穎彤用筷子夾起蛋餅吃了一口，起初她以為味道會跟香港的奄列差不多，不過她錯了，蛋餅無論是口感還是味道都跟奄列截然不同，至少，奄列用的是純淨雞蛋，但蛋餅的那片「蛋皮」卻混雜了其他成分在內，如果硬要説的話，這口感有點像……班戟？

「不好吃嗎？」宇凡有點擔憂的打量着穎彤臉上的表情。

穎彤把蛋餅慢嚥細嚼了好一會，細細感受了當中的口感和味道後才吞下肚子，然後向宇凡露出了一個燦爛的笑容：「很好吃！」

宇凡被穎彤的笑容所感染，嘴角也在不知不覺間的帶着絲絲笑意：「那，要嚐嚐我的芋泥肉鬆嗎……」

宇凡話音未落，穎彤便已夾起了他的蛋餅狠狠咬了一口。

「你這也太狠了吧？不行，我也得吃一口你的火腿起司……」

陽光懶洋洋地灑落在古舊的街道上，為這灰色的城市角落披上了一層溫柔的金黃。

吃完早餐後，兩人再次騎上機車，然後宇凡把穎彤帶到一個她意想不到的地方。

「這兒是……？」

「逢甲大學。」宇凡淡淡地補充，「我唸書的地方。」

由於機車不能直接駛進大學，所以宇凡先在學校附近找了個停車位把機車泊好，跟着領着穎彤在某個校園入口旁拿了兩輛腳踏車。

「不用錢的嗎？」穎彤的眼睛睜得老大。

「這是校方提供的腳踏車，不用錢的。來，我們就騎腳踏車繞個圈吧。」

逢甲大學的校園面積不算太大，校園內的樹木不算太多，反而草地比較多，更多的是各幢建築風格不太一致的大樓。

「這是圖書館……這是紀念館……這是忠勤樓……這是學思樓……」

宇凡一邊踏着腳踏車，一邊向穎彤介紹校內的建築。

繞完一圈之後，兩人回到最初的起點，把腳踏車還給校方。

宇凡聳了聳肩：「其實這間學校沒有什麼值得看的東西。」

穎彤眉頭一揚：「那你為什麼還把我帶來這？」

宇凡不着痕跡的笑了：「想讓你了解一下，線下那個真實的我。」

穎彤的眼睛剎那間直接對上了宇凡的視線，深深地看進了他那墨黑的瞳孔之中。

兩人安靜的走回停車的地方，重新騎上了機車，然後宇凡把她載到一個充滿藝術氣息的地方。

「這兒叫東海藝術街，有很多知性的、文青類型的店子，我猜你應該會喜歡。」宇凡掏出了手機查看資料，「聽說有一間咖啡店的裝潢很有特色，東西也很好吃……」

穎彤一手按下了宇凡的手機：「別查了，隨心而行吧。」

「隨心？」

「對，隨心，走到哪，看到哪，吃到哪！」穎彤向宇凡露出了一個燦爛的笑容，「充滿未知的旅程，不是更讓人期待嗎？」

宇凡側着頭想了一下，若有所思的微微點了點頭：「好，那我們就開始亂逛吧！」

這條藝術街能逛的地方還真不少，有民族飾品、木器彩繪、黏土花藝、水晶首飾、茶器沉香、手工皮具……吃的就更多了，由專業烘焙的咖啡店到傳統豆花、得獎布丁、網室木瓜牛奶、連米芝蓮的星級料理也有！

穎彤像個興奮的孩子般到處蹦蹦跳跳的，每進一間店子，都睜大好奇的眼睛到處張望四周探索，宇凡一直微笑着，默默的跟在她的身後，直到日落西山，華燈初起，藝術街的店子陸陸續續的關門了，宇凡才叫住了她。

「小穎，我們該去另一個地方了。」

「去哪？」

「來逢甲，怎能不去最有名的逢甲夜市！」

之前穎彤也去過台北的士林夜市，但逢甲夜市比士林夜市大多了，食物的種類也不像士林夜市來得單一，什麼短腿丫鹿餅乾、一心臭豆腐、天使雞排、甘梅薯條、大腸包小腸、甜不辣、燒鳥、烤玉米、冰火湯圓、地瓜球、米血糕（看到這東西時，穎彤的眼皮還不由自主的跳了一下，之前那味道實在留下太深刻的印象）、蚵仔煎……各式各樣的小吃看得人眼花瞭亂。

直到穎彤看到「港式蒸飯專門店」時，終於忍不住噗哧一笑。

「原來在台灣人的心目中，我們香港的代表美食是蒸飯啊？」穎彤指着那招牌，笑着回首對宇凡說。

宇凡聳聳肩：「我也不清楚，因為我從沒到過香港，不知道香港有什麼美食啊！」

穎彤拍了拍胸脯：「下次你來香港的時候，我來帶你去吃香港的美食！」

宇凡伸出了右手尾指：「打勾勾，一言為定喔？」

穎彤猶豫了一剎，隨即嫣然一笑，伸出尾指與宇凡打勾勾：「一言為定！」

緊緊扣連的兩根尾指，在半空中用力一晃，就這樣締結了一諾千金的約定。

兩人買了一堆小吃，邊逛夜市邊吃，繞了一圈後，穎彤的視線被一個拉拉熊（香港稱鬆弛熊）布娃娃所吸引：「宇凡你看！好大的一隻拉拉熊！」

那是一個遊戲攤子的獎品，偌大的棕色拉拉熊布偶，端端正正的坐在攤子中最當眼的位置，非常吸睛，往來的人們無一不向它投以注目禮。

宇凡瞧了穎彤一眼，她看着布偶那垂涎三尺的樣子，令人不禁失笑。他趨前走到攤子老闆的面前，指着拉拉熊問：「老闆，這隻拉拉熊怎麼算？」

老闆把宇凡從頭到腳打量了一次，又偷瞄了他身旁的穎彤一眼後，懶洋洋地回答：「那個可是最大獎，要一百個氣球哦。」

穎彤走到宇凡身旁：「一百個氣球？」

老闆指了指攤子後那一排排拴在紙板上的汽球：「射破一百個氣球，就能拿走拉拉熊。」

宇凡拿起放在攤子前的氣槍掂量了一下：「子彈怎麼算？」

「五十塊錢十顆子彈。」

「大哥，算便宜一點吧。」

「八十個氣球，不能再便宜了。」

「六十個氣球，不能再多了。」

正當宇凡跟老闆陷入火藥味愈來愈濃的膠着狀態時，穎彤露出了一個燦爛的笑容，用不太標準的普通話說：「老闆老闆，我是從香港來的，這次是第一次來逢甲，你就行行好心，再算便宜一點可以嗎？」

老闆的視線投向穎彤，態度瞬間軟化：「你是從香港來的嗎？嗯，那個港腔還真的聽得出來，可是，這隻拉拉熊真的很貴啦……」

「老闆，由我來開槍，你算我五十個氣球好不好？」

「五十？」宇凡和老闆同一時間睜大了眼睛望向穎彤。

「老闆，你看，我是女生，之前也沒玩過這種氣槍，還大老遠的從香港跑來……」

「好了好了！」老闆一擺手，從宇凡手上拿回氣槍就開始把子彈灌進去：「五十就五十，全部都得由這小美眉來開槍！」

老闆把彈匣灌滿後，把槍遞向穎彤，還附帶了一個挑釁的眼神：「不過，如果你射失了，即使只欠一槍，我也不會送你子彈哦，你得重新買十顆子彈，明白嗎？」

穎彤無視身旁宇凡驚詫的神情，微笑着接過了槍：「沒問題！」

她站在攤子前，兩腳張開至肩膀的寬度，望向十個一列的氣球，長長的吁了一口氣；抬起拿着槍的雙手，直至與肩膀形成九十度角，然後前臂微曲，眼睛看着手槍上兩個準星的交匯之處；食指輕輕一勾，氣球應聲而破。

噗。

噗噗噗噗噗噗噗噗噗。

穎彤一口氣把一整列氣球射光，例不虛發。

老闆轉身看着木板上的十個破洞，腦袋還未來得及反應過來，穎彤已經往右平移了半步，然後又一口氣把第二列的氣球射光。

「老闆，沒子彈了。」穎彤眼睛帶着笑把氣槍遞向老闆。

「……小姐，你是職業的嗎？你剛是裝新手的樣子騙我說你沒玩過吧？」

穎彤接過重新裝滿彈匣的氣槍，誠懇地看着老闆的眼睛：「不，我沒說謊，我真的是第一次開氣槍。」

穎彤沒跟老闆說的是，她在香港電動界可是有「槍后」的稱號。

然後她繼續用狂風掃落葉的姿態射破了第三和第四列的二十個氣球。

「老闆，最後十顆。」

老闆幾乎是用怨恨的眼神看着木板上的四十個破洞，一臉懊惱的樣子。

穎彤拿着最後十顆子彈的氣槍，閉上眼睛深深吸了一口氣。

然後，雙眼猛地睜開，舉手就開槍！

十、九、八、七、六、五、四、三、二、一……咦？

最後一顆子彈卡住了，射不出來。

穎彤把槍晃了幾下，最後一顆子彈頑皮地從槍管裏跳出來，落到地上。

「老闆，這是卡彈吧？……這顆應該不算吧？能補一顆嗎？」

老闆的眼皮突地跳了一下，拿過穎彤手上的槍，額上青筋隱約跳動：「如果這顆沒打中，不補子彈喔！」

穎彤點點頭接過了只有一發子彈的手槍，別過頭望了身旁的宇凡一眼。

只見宇凡雙拳緊握，一臉緊張的盯着她看。

「小穎，有信心嗎？」宇凡緊張得聲音都變調了。

穎彤笑笑：「沒有。」

噗。

最後一個氣球，就這麼輕輕巧巧的破掉了。

這時四周傳來如雷的掌聲，兩人環顧了一下才發現，不知何時開始他們身後已圍了一圈看熱鬧的人，大家都為這個槍法如神的年輕女生喝采。

老闆一臉豁達釋然的樣子，把龐然的拉拉熊遞向穎彤：「小姑娘，你好樣的！我佩服！來，這熊你拿去吧！」

穎彤欣喜的把拉拉熊牢牢抱在懷中，向着宇凡嫣然一笑。

回程的路上，雙座位的機車上卻坐了三位「乘客」，胖嘟嘟的拉拉熊被緊緊夾在穎彤的胸膛與宇凡的後背之間，被擠壓得瞬間小了一個碼；穎彤的雙手還權充安全帶，從後座伸手向前抓住了宇凡的腰，順道用手臂夾住拉拉熊，把它固定在座位上。

可能是因為後背一直傳來難以名狀的「壓力」吧？宇凡把車飆得有點快，穎彤也就一直不敢跟他搭話，好讓他專心騎車。直至回到宇凡家中時，宇凡終於忍不住問：「你在香港有學過射擊？」

捧着拉拉熊的穎彤搖了搖頭。

「那麼你在哪學的射擊？」

「從網上學來的啊。」穎彤淘氣的吐了吐舌頭：「日本有句説話叫『正射必中』，意思是只有姿勢正確，那就必定會命中目標。我偶爾會在網上看一些教授正確射擊姿勢的影片，然後在遊戲機中心玩射擊遊戲時嘗試實踐一下⋯⋯不過開氣槍還真的是第一次，沒想到會這麼成功，我也很意外喔！」

宇凡猷猷地看着穎彤那餘紅未褪的興奮的臉龐。

「怎麼了？」穎彤發現了宇凡的異樣。

宇凡的目光中帶着濃濃的欣賞：「小穎，你真的好厲害，我都快成你的粉絲了。」

未褪的餘紅，瞬間捲土重來連本帶利的在穎彤雙頰綻放成兩朵醉人的酡紅。

與前一晚恰巧相反，這一晚穎彤睡得特別甜、特別安穩。

當太陽溫柔地地吻醒她的時候，已是翌日的中午。

穎彤拿着梳洗用品走向洗手間，途中不自覺的往宇凡的房間瞄了一眼，發現他不在房間中，心中有種淡然的失落感。

「小穎，起牀了嗎？」

宇凡響亮的聲音從樓下傳了上來，「我買了早餐，快點下來吃哦！」

穎彤向着樓梯方向喊了一句：「好的，我刷完牙就下來！」

早餐是熱豆漿和燒餅，穎彤端起碗喝了一口豆漿，幾乎嗆死：「鹹的？」

宇凡把另一碗遞給她：「這碗是甜的。」

「我不知道你喜歡喝鹹的還是甜的，所以各買了一份。」

穎彤聞言抬起頭怔怔的看着宇凡。

宇凡揚眉：「怎麼了？」

穎彤淺淺地笑了笑：「你好暖男啊。」

第一次，有一抹隱約的紅霞從宇凡的臉上掠過。

今天穎彤沒有問行程，直接就騎上了宇凡的機車，雙手自然而然地扶住了他的腰。

風不大，陽光也不算很猛，宇凡的車速比前兩天慢，偶爾在紅燈停車會回首跟穎彤搭幾句話：「還喜歡台中嗎？」

「喜歡。」

「跟台北相比呢？」

「還是喜歡台中。」

「可是台中沒台北那麼熱鬧繁華啊？」

「我還是比較喜歡台中。」

「為什麼？」

「因為……」

車子開動，穎彤沒有說下去。

因為台中有着台北沒有的東西啊。

今天宇凡帶穎彤來參觀被譽為「世界第九大新地標」的台中國家歌劇院，穎彤在看到歌劇院那別樹一幟的外型時，瞬間呆住了。

「這是什麼鬼東西？」穎彤呆了好久才反應得過來，「你剛說什麼？這座東西是歌劇院？」

看到穎彤的眼睛瞪大得快要從眼眶中跑出來，宇凡忍着笑意點點頭：「對啊，這座鬼東西還請了日本設計師來設計的，聽說還難蓋得要命，砸了不少錢才建好的。」

「為什麼這種歪歪扭扭，不好看又不對稱的東西，政府還願意砸錢去興建啊？」

宇凡淺淺一笑：「你進去看看就知道了。」

由日本建築大師伊東豊雄設計，以「美聲涵洞」為概念，獨特曲牆及無樑柱結構，讓這裏被譽為全球最難蓋建築。

歌劇院所有水泥牆面、玻璃帷幕，形狀都有如酒瓶，伊東豊雄稱其為「壺中居」，意味欣賞表演藝術令人醉心。

右側內凹對稱涵洞是歌劇院最難蓋的部分；上方涵洞共鳴極佳，非常適合演唱歌曲。

穎彤看完了介紹歌劇院的小冊子，開始對這幢怪怪的建築物改觀。

當然，主要是因為歌劇院的內部比它的外部典雅多了。

整個建築物內部都沒有直線，全是由純白色的曲牆組成的，還有一道大弧形的樓梯，柔和的線條與色調宛如一個姿態優美的淑女，正坐在和煦的午後花園靜靜地看書般，予人恬靜淡雅之感。

即使不進場看歌劇，劇院本身就是一個很值得逛的地方，有文創市集、公共藝術、空中花園……以及一個隱藏的「內凹對稱涵洞」。

「啊——啊——啊——」穎彤站在涵洞中央，用高低不同的音調「啊」了幾聲，引起了一陣陣共鳴的回音。

「這個好厲害！」穎彤拉着宇凡的衣袖一臉興奮地說，「你也來唱幾句試試看吧！」

宇凡清了清嗓子，用磁性的男低音開腔唱道：「有着我便有着你，真愛是永不死；穿過喜和悲，跨過生和死；有着我便有着你，千個萬個世紀，絕未離棄；愛是永恆，當所愛……是你！」

磁性的男低音在涵洞引起千迴百轉的共鳴，聲音的波長顫動了穎彤的心。

「你……會說粵語？」

「只會唱，不會說。」

「可是你剛剛唱得字正腔圓耶？」

「唱的標準，說不標準。」

「這也太匪夷所思吧？」

「什麼匪夷所思！我可是在網上看了很久的影片才學會的！」

「這麼多粵語歌曲，為什麼你偏偏要學這首啊？」

「因為你說過你喜歡這首歌啊！」

突然，萬籟俱寂。

只剩下涵洞裏那迴盪於虛空中的「嗚嗚」聲。

從歌劇院離開時，差不多是日落時分，穎彤那整天只吃了幾個燒餅跟一碗豆漿的肚子，已正式發出「咕咕」聲的投訴。

幸好剛在涵洞時它沒在叫，否則一想到肚子餓的聲音在涵洞內迴盪着的話……

她不着痕跡的摸了摸肚子：「餓了。」

此時宇凡的肚子也適時地叫了起來，他拍了拍額頭：「哎，我怎麼就少條筋沒算好吃飯的時間呢！害你餓壞了……來，我們吃飯去！」

宇凡領着穎彤往車子停泊的相反方向走，一絲疑問在穎彤的心中掠過，但很快便被信任和期待所覆蓋。

她相信宇凡。

他們走了大約十五分鐘左右，穎彤瞬間眼前一亮。

在繁華的商住區的正中心，竟然有一個「高樓大廈中的綠州」，一個佔地不大但有着下凹的獨特設計、湖樹橋花的擺設有着其巧思、散發着淡雅靜謐氛圍的公園。

「這是秋紅谷公園，是不是很漂亮？」

「秋紅……？」

「是啊，這兒種了很多變色葉類的植物，一到秋天的時候便整個公園都變成紅色，可惜現在是盛夏……下次你挑秋天來吧！那時候更漂亮喔！」

穎彤剛想點頭，可惜肚子又不爭氣地「咕咕」響了起來。

「可是……這兒有吃的嗎？」

宇凡指向不遠處湖上的一幢小屋。

踏着軟綿綿有點日式風格的木屑步道，橫越過綠油油的草地，穿過架上湖上的景觀橋，還順道跟湖中那些活潑肥美的魚兒打了個招呼，兩人終於來到湖上小屋。

由於沒有什麼顧客，所以餐廳安排了他們坐在景觀最美的戶外位置，可穎彤的注意力卻落在餐牌上。

「那個雙人下午茶好像不錯，有一盤甜點、一盤鹹點、兩個水果沙拉、還有兩杯飲料呢……」

「那就點這個吧。」

餐點很快便送上來了，肚子餓得咕咕叫的穎彤，幾乎是用狂風掃落葉的速度把食物一掃而光。宇凡微笑着呷着他的熱拿鐵，只吃了一個迷你漢堡和沙拉。

「餘下的都給你吃吧。」

「你不餓嗎？」

宇凡的嘴角掛着一抹略帶戲謔的笑意：「看你吃得這麼香，我突然就覺得不餓了。」

穎彤微微一笑，接受了宇凡的這份好意。

吃飽之後，穎彤心滿意足地喝着她的冰瑪奇朵，視線投向湖面和遠方的樹木：「啊！變紅了！」

什麼？時值盛夏，剛剛還是翠綠的樹現在卻變紅了？這怎麼可能？

宇凡聞言，連忙扭頭望向同一方向。

啊，真的變紅了，不，是染紅了。

夕陽把樹上的葉子染成了橙黃，倒映在橙金色的湖面上，放眼望去都是一片觸目的橘紅。

穎彤向宇凡露出一個燦爛的笑容。

「雖然我不知道秋天的紅葉有多壯觀，但現在這樣子也很漂亮喔，不是嗎？」

是啊，非常的漂亮。

宇凡驀然有點明白了。

有時候，不一定要最完美的時機，不一定要強求最旖旎的風光，或許隨遇而安也能遇上令人心動的一幀美麗風景。

這，大概就是緣分。

華燈初上，兩人徒步走向機車停泊的地方，宇凡一邊走一邊問穎彤：「明天你就要走了，對吧？」

「嗯。」

「幾點的飛機？」

「下午六點，可是從這兒去機場蠻遠的，我想我吃過午飯就要出發了。」

宇凡的嘴唇顫動了一下，欲言又止。

終於來到機車旁，宇凡如常的把安全帽遞給穎彤：「那，今晚就是你『最後的晚餐』了，哈哈……你還有什麼想吃的嗎？」

穎彤也打了個哈哈，然後側着頭認真的數起手指來。

「我還想吃……紅燒牛肉麵！炸雞扒！炸花枝！還想喝珍珠奶茶！」

宇凡笑笑：「好！回家途中我們一併買了，再帶回去慢慢吃！」

坐上機車後，宇凡繞了兩圈便把穎彤想吃的東西買齊了，還多買了肉圓和滷味。

「買這麼多，我們兩個人吃得完嗎？」穎彤瞪大了眼睛，看着機車後座那儲物籃上滿滿的外帶食物，突然覺得光是看着都有點飽了的感覺。

「你儘管放開肚皮吃，吃不完的我全包了！」宇凡豪氣干雲。

「會胖……」

「回香港再減！」

「遵命！」

這邊廂穎彤還在擔心吃不吃得下呢，那邊廂回到家中，當宇凡把全部食物在桌上依次攤開時，那些食物的香氣又引得她肚子鳴叫，食指大動了。

「這個很好吃！那個也很好吃！沒想到連這個都很好吃……」

宇凡大概也餓了，用跟穎彤不相上下的速度把嘴巴塞得滿滿。

「怎麼你的雞扒好像炸得比我的香脆？」

「沒有啊。」

「看起來就是有！給我咬一口看看！」

「你只是想吃我的雞扒吧？」

宇凡笑着把手中吃了一半的雞扒遞到穎彤嘴邊，穎彤也不客氣的狠狠咬了一口。

「你也太會吃了吧？將來誰娶了你就慘了，吃窮夫家啊！」

「要你管！不是你娶就行了吧？」

「哈哈，看到你這食量，誰還敢娶啊？」

兩人吵吵鬧鬧的把桌面上的食物掃個精光，然後同心合力收拾桌面、把垃圾分類、再放進不同的垃圾箱。

跟香港不同的是，台灣不是每天都有垃圾車來收集垃圾的，垃圾車通常在固定日子的指定時間才會出現，錯過了往往就要等上一個星期，所以台灣人都很緊張垃圾車來的時間，不然那一大包垃圾留在自己家「發酵」一星期的味道可不是蓋的……

「下一次垃圾車來的時間是三天後，那就先把它們紮好放進垃圾箱裏吧。」

「好的。」

「剛剛吃飯時有點碎屑掉到地上了，能請你幫忙清掃一下嗎？掃帚在那邊。」

「沒問題，交給我吧。」

「謝謝你幫忙啊，要吃點冰品嗎？冰箱裏有芒果冰淇淋跟巧克力冰淇淋喔。」

「好啊，我要芒果冰淇淋。」

吃着冰淇淋時，穎彤突然有種錯覺，怎麼剛剛的對話像極了家中父母日常相處時的對答，有一種揮之不去的「老夫老妻」感？

老夫……老妻？……

當穎彤一邊吃着冰淇淋卻食而不知其味，一邊進入充滿着粉紅色泡泡的幻想世界時，宇凡把房間角落那個足有半個人高的紙皮箱拖了過來。

「這是……？」

「你打開看看。」

穎彤依言打開了紙箱，眼睛瞬即睜得老大：「這是……」

「之前我問你，來台灣最想幹什麼，你答我說，想放一次煙火，於是我就訂了一大箱的煙火回來了。」

穎彤霍地抬起頭看着宇凡：「那時我說完之後，你唯唯諾諾不置可否的，我還以為在台灣買煙火很困難，所以你不太願意呢！」

「不是啊，那時候我其實在想你喜歡哪種煙花，後來想想，每種煙火都買一些就對了，所以你看，箱子裏有仙女棒、大彩蝶、地轉車、沖天炮、一百發的高空煙火……」

「嘩！太棒了！我早就想試試放一次煙火了！」

穎彤忍不住跳上前緊緊擁着宇凡：「謝謝！謝謝你！」

對於這突如其來的舉動，宇凡顯得有點手足無措：「……不……客氣……」

宇凡指着旁邊的一個小箱子：「機車沒法載這個大箱子，你就挑喜歡的煙火放進這小的紙皮箱去吧。」

「機車？我們要到外面放嗎？」

「當然！不然你想在家裏放？你想把我家燒了？」

「可是我看的電視劇都是在家中後院放的嘛！」

「那些電視劇不會有這種大盒的一百發煙火吧！拿這東西去後院放，那不叫放煙火，那叫放火！」

「……也是啦。」

穎彤無視宇凡往後腦翻得老大的那個白眼，自顧自抱着興奮的心情，左挑挑，右選選，就是拿不定主意。

最終，她決定——按「體積」來選。

「總之，最大型的全搬進去就對了！」

當宇凡把塞得滿滿的小紙皮箱綁在機車的車尾架上時，穎彤一直興奮的圍着宇凡繞圈：「還沒好嗎？綁好了嗎？可以出發了嗎？」

晚上的街道有點冷清，行人及車輛都寥寥無幾，宇凡把機車開得飛快，夜風在安全帽旁呼呼作響，穎彤緊緊摟住宇凡的腰不敢放開。

「我們要去哪兒啊？」

「到了你就知道了。」

終於，機車來到一個小堤壩旁，堤壩只有半個人高，下面是一條大而平淺的河流，河的兩岸都是些碎石沙礫的平地。由於附近沒有街燈，厚厚的雲層又遮蔽了月亮，兩人是靠機車的車頭燈照明才不致於瞎子摸象般迷路。

「好了，開始吧。」

宇凡先把一根線香交到穎彤手上，然後再用打火機把它點燃。

「你想先玩哪個？」

「最簡單的？」

「那……仙女棒？」

「好啊。」

穎彤接過宇凡遞給她的小仙女棒，深深吸了一口氣，然後，直接就把線香燃燒的部分點向仙女棒的引線。

小小的、金黃色的火花從仙女棒的尖端冒了出來，像是一個法力不足的巫師施展了一個失靈的咒語般，燒了沒多久便重歸於沉寂。

穎彤有點意猶未盡的望向宇凡：「就這樣？」

宇凡有點迷惑：「怎麼了？仙女棒就是這樣子的啊，有問題嗎？」

該怎麼說呢，就是跟電視劇看的很不一樣嘛……

穎彤向宇凡伸手：「給我大仙女棒試試看。」

宇凡把一根比剛才粗大的煙火交到穎彤手上。

穎彤急不及待的點燃了引線。

一串串如瀑布般的金色火花從她手中噴薄而出，閃爍的光芒照亮了兩人的臉。

「嘩！就是這樣了！好漂亮！」

宇凡看着穎彤那雀躍的臉龐，不禁失笑——原來剛才她是嫌小仙女棒不夠看頭啊！

穎彤興奮地拿着大仙女棒，一邊揮動一邊跳下了堤壩，在河岸的碎石地上走着。

宇凡扛着小紙箱也跳了下來，在車頭燈照射不到的河岸，穎彤手上的仙女棒就顯得更光更亮了。

穎彤驀然回首，讓黑暗中的宇凡看看那舞動得猶如星雨的煙火，她嫣然一笑：「好看嗎？」

「好看。」宇凡頓了一頓，再補充一句：「非常好看。」

接下來穎彤又試了大彩蝶和地轉車，前者像是一隻蝴蝶般噴着七彩的火光在空中飛舞；後者則是一個圓盤貼在地上不斷自轉，一邊自轉一邊噴出火花，火花的顏色還會漸漸變化，從黃到紅、從紅到藍、再由藍到綠……

穎彤看着七彩繽紛的煙火，思緒徒然有點恍惚。

在美麗的煙火消失的那一瞬間，總是讓人有一種淡淡的惆悵。

「小穎，過來這邊！」

穎彤聞言回過神來，循聲小心翼翼的走到宇凡身邊。

「來，站這。」

宇凡彷彿有一雙看破黑暗的眼睛，準確地抓住了穎彤的手，引領她到特定的位置站定。

「怎麼了？」

「給你變個魔法，別眨眼睛喔！」

穎彤看着宇凡在自己身前快速繞了半圈，只見五點小火光差不多同時竄進沖天炮的炮筒之中，世界有那麼的一剎變得安靜而漆黑，直到下一瞬間五根沖天炮同時發出高亢的鳴響，五彩紛呈的花火噴射而出，直上蒼穹。

「嘩！好漂亮！」

「還沒完呢，你看看後方吧。」

穎彤轉身，發現自己身後不知何時又多了五根冒着斑斕花火的沖天炮，十根拚命吐着火花誓要爭一夜之長短的沖天炮，已經把穎彤重重包圍，璀璨的流光及燃燒時的煙霧在他們身旁縈繞不去，讓兩人彷彿置身於煙火的海洋中。

好夢幻啊——如果能撇除高亢刺耳的鳴響聲和火藥燃燒時那刺鼻的味道的話。

宇凡彷彿讀懂了穎彤的心思，適時地用厚實溫暖的雙掌蓋住了她的雙耳，多少能幫她減低一點噪音的影響。

穎彤微微搖了搖頭，舉手抓住了宇凡的雙手，然後拉了下來。

可是兩人的手卻就此緊緊抓住了，彼此沒有放開。

穎彤抬起頭，打量着宇凡那被絢麗燦爛的煙火所照亮的臉龐。

光影晃動，穎彤踮起了腳尖。

有時候，正正因為有人用心給了一份溫暖，有一種感情才燃燒得更光更亮。

沖天炮終於筋疲力竭，依次熄滅……漆黑再次籠罩大地，兩人在靜謐的黑暗中相對無聲。

直到尖銳的警笛聲劃破了寧靜，把穎彤嚇得往後跳了一步。

「警車？」二人走近了堤壩探頭望向聲音來的方向。

這時穎彤才發現堤壩附近有幾幢本來關了燈的民居都亮燈了，警車剛在這幾幢房子前高速駛過。

一股不祥的感覺在穎彤心底升起，於是她別過頭問宇凡：「會不會是剛剛我們放煙火吵醒了人家，所以人家報警了？」

宇凡聳聳肩：「可能吧。」

聽到這答案穎彤就更不安了：「那個……宇凡，我之前一直忘了問，在台灣放煙火是合法的嗎？」

宇凡看了一下手錶：「在晚上十點前是合法的。」

「那現在幾點了？」

「十點半。」

穎彤聞言，立刻把頭縮回堤壩裏，然後拚命拉着宇凡的衣服往下扯：「快躲啊！我可不想成為第一個因為在台灣放煙火而被抓的香港人！」

宇凡依舊站得挺直，目送着警車高速掠過他們所在的地方：「沒關係啊，警察只是循例來巡查一下吧，不用怕。」

穎彤氣得直跺腳：「我明天就要上飛機了！要是被抓去關了怎麼辦！」

宇凡望向穎彤，竟然露出了一個略帶狡獪的笑容：「那你就可以名正言順的在台灣多留幾天啊！」

穎彤語塞，一時分不清宇凡這句話當中有多少是開玩笑，又有多少是真心話。

「好了，警車走了，你還要繼續嗎？」宇凡從小紙皮箱中掏出了幾盒最巨型的煙火，「還有這三盒六十六發、八十八發和一百發的呢，這幾個是把煙火直接射上天空的，放起來可壯觀了！」

穎彤心中其實真的很想見識一下這些煙火放起來的樣子，可是怎麼看這三盒東西放起來所發出的聲響，絕對不比剛才小，附近那幾幢房子的居民鐵定不會放過他們的。

這時穎彤的視線落在這三盒煙火的引線上，這三盒算是比較重型的煙火，引線都比較長……

「宇凡！我有個計劃！」

「計劃？」

「你能不能先把這三盒煙火的引線都綁在一起，接着騎上機車，啟動引擎準備開車；我點燃引線後便盡快跳上機車，我們立即用最高速度離開案發現場，然後在附近一邊繞圈一邊欣賞煙火，不就行了嗎？」

宇凡眉頭輕輕一蹙，然後又展開了來，點了點頭：「就按你說的辦。」

事情進行得很順利，引線綁好了，機車也準備好了，只欠穎彤點火，跟着便「逃亡」。

穎彤的心跳得飛快，拿着線香的手止不住的在抖，好不容易才對準了引線的末端點了下去——火光一現，她立馬把手上的線香扔掉，爬上堤壩，跳上機車：「快快快，快開車！」

宇凡用力一扭，油門一催，機車迅即如脫韁野馬般怒吼一聲噴射而出。

穎彤牢牢抱着宇凡的腰，沒戴安全帽的她把頭緊緊貼在宇凡的後背上擋風，直到她聽到第一聲的「焦——轟隆」巨響，她才扭頭望向堤壩的方向。

只見各種金黃、銀白、粉紅、橘橙、鮮綠、淡紫、清藍的煙火驟然綻放，璀璨了整個天際；夜空宛如一個漆黑的花園，任由一串串七彩繽紛的焰火野蠻地劃破它的寂靜，任性地盛開着、閃爍着，照亮了整個天空；直到漫天星河拖着最後的餘光，留下霎時星火，依依不捨地從夜空滑過。

這是一場煙火的流星雨。

「好漂亮……」

穎彤看得癡了，宇凡適時地放慢了車速，好讓她看得更清楚。

這時鳴着尖銳高亢警笛聲的警車，不解風情地與兩人擦身而過，直朝煙火出現的方向奔去。

兩人對望了一眼，一起哈哈大笑。

「快走吧，我怕警察叔叔發現堤壩那邊沒人後，會覺得我們這輛機車很可疑，然後跑來抓我們。」

「說不定他們發現紙皮箱中那些剩下的煙火時，會忍不住點來玩一玩呢？」

「會嗎？」

「或許會哦。」

「如果他們真的會這樣做便好了，因為他們放完最後的煙火後，我們早就安全回家了啦！哈哈！」

宇凡突然放開了機車的握把，雙手高高舉起：「小穎你開心得太早了，能不能安全回家還是個疑問呢？」

他還壞心眼地故意擺動身體令機車搖晃，嚇得穎彤緊緊抱住他尖叫：「別放手！拜託！求求你別放手啦！」

宇凡笑着重新抓住了握把：「好啦好啦，我不會再放手的，放心好了。」

可經他這麼一嚇，穎彤在慌亂之中，不自覺的就把胸膛緊貼在宇凡的後背上了。即使相隔了兩件不算薄的衣服，宇凡的體溫還是傳到了穎彤的心頭。

剎那間，穎彤覺得全身血液陡然加速，在體內配合着狂亂的心跳節拍，澎湃奔騰，一股前所未有的炙熱感流竄全身，驀地眼眶發熱，鼻子一酸，有一種想哭的感覺。

你知道嗎？我愛上你已經很久很久了，這一刻對我來說，就像做夢一樣。

可是，我在覺得無比幸福的同時又很害怕，因為我知道這份溫暖只剩下不到十二小時的賞味期限，之後我們彼此之間，又會相隔了一個難以跨越的距離，而當我每次想起你，這份記憶中的溫暖，就會讓我的胸口鑽出一個永遠無法癒合的洞⋯⋯

穎彤用力把宇凡再抱緊了一點。

可是即使如此，我仍然願意——冒險點燃那煙火的引線。

機車平安回到家中，穎彤跟隨着宇凡的步伐上樓，來到那個向左走向右走的樓梯口，兩人卻面對面的站在走廊的中央巍然不動。

兩人相對無語，最終還是穎彤先按捺不住，手不自然地抖了一下。

「那個……我明天就要走了。」

「嗯，要幫忙收拾行李嗎？」

「不用。」

「有什麼要買的嗎？」

「沒有。」

「還有什麼地方想去嗎？我明早還可以載你……」

「你就沒有其他的話要跟我說嗎？」

宇凡沉默了半晌，微微別過頭避開了穎彤的視線：「其他的話……比方說？」

穎彤咬了咬下唇：「比方說，我們之間到底是什麼關係？」

宇凡臉上的肌肉線條僵硬得有如石像，雙拳緊緊攥着。冷不防，他向着穎彤深深一鞠躬：「對不起！」

這反應殺了穎彤一個措手不及，她只能下意識反問：「你幹嘛突然向我道歉？」

「小穎，你是一個很有魅力的女生，我是真的被你吸引了，可是……」

穎彤深深吸了一口氣，人生最可怕的字眼莫過於這個「可是」。

「可是……我還是忘不了我的前女友，如果我現在跟你交往，我會覺得很愧疚，也對你不公平……對不起。」

啊，也對，快十年的感情了，當然不可能說放下就放下。無論這四天三夜發生了多少事情，她和他之間，永遠都不可能追上那十年。

她注定是輸家。

光芒與靈氣迅速從穎彤的瞳孔中消失，剩下兩個深不見底的、墨黑的黑洞。

「我明白的。」

宇凡抬起頭，發現眼前已然換了一個陌生的穎彤。

這個陌生的穎彤臉上還掛着一個沒有絲毫笑意的笑容。

「小穎，能不能給我一點時間……」

「沒關係，你需要多少時間都可以啊。」

「對不起，我是不是太自私了?」

「沒有啊，因為你需要多少時間放下前女友都跟我沒關係——畢竟，我們只是網上認識的朋友。」

語畢，穎彤轉身走回自己的房間。

「小穎!」

穎彤的腳步頓了頓，但她沒有回頭，麻利地關上了房門。

剩下宇凡一個人，無言地站在走廊中，默默看着穎彤房間的方向。

小穎，對不起，我知道這個藉口很爛，可是我真的沒信心能維持一段相距七百公里的異地戀……

穎彤沒有收拾行李，直接竄到牀上拉起薄被，從頭到腳的捲住了自己。

她一直聽見自己腦海內有什麼東西摔破了的聲音，奇怪，這種時候不應該是聽到心碎的聲音嗎？

咣嚓。

狠狠地摔吧，把一切都摔破吧。

咣嚓咣嚓。

摔得支離破碎吧，摔得灰飛煙滅吧。

咣嚓咣嚓咣嚓。

再見了，所有心靈的觸動，一切美好的回憶。

最後的清晨，穎彤很早就起了牀，把行李打包妥當。

在沒有通知宇凡的情況下，她背着那個相依為命的大背包，悄悄走到附近的馬路，攔了輛計程車打算直接坐到機場巴士的發車站。

宇凡很快便察覺到不對勁，他連忙闖進了穎彤的房間，卻只見整個房間都收拾得井然有序，連牀鋪都摺疊得整整齊齊，彷彿從未使用過——除了牀上放着一隻眼熟的拉拉熊，它懷中還摟着一個陌生的淺粉紅色信封……

此時，穎彤早已坐上了計程車，看着捏在手中的機票在發呆。

「小美眉，一個人來台灣有無？覺着這兒啥物特別麼？」

「嗯，很特別，可是一切都結束了。」

計程車司機說着一口濃烈閩南腔的國語，他本來饒有興致地想跟穎彤搭個話，可看她有點有聽沒懂的樣子，他只好悻悻然的把收音機的音量扭大，電台正好播着一首由厚實女聲主唱的舊歌：

你說一個人的美麗是認真　兩個人能在一起是緣分

早知道是這樣　像夢一場
我才不會把愛都放在同一個地方
我能原諒　你的荒唐
荒唐的是我沒有辦法遺忘

早知道是這樣　如夢一場
我又何必把淚都鎖在自己的眼眶
讓你去瘋　讓你去狂
讓你在沒有我的地方堅強

穎彤別過頭看着窗外的景色，眼淚在沒有驚動計程車司機的情況下，一顆又一顆的偷跑出來，沾濕了衣襟，乍看之下就像在她的胸口開了個洞一樣。

這不是一場夢，這是一場煙火啊。

夢是虛幻的，煙火卻是實在的。

可是，煙火消散了，旅程結束了。

穎彤握着拳堵在胸口，不讓自己發出半點嗚咽。

她大概，不可能再如此深愛一個人了吧。

畢竟，曾經親手放過最美的煙火，又怎可能回到從未放過煙火的那個時候呢？

也對，就讓那夜絢爛的煙火永遠埋藏在記憶深處吧。

煙火綻放後會回歸於無，這是美麗的宿命，璀璨的代價。

在海沙上栽種的花

我也忘了當初是什麼原因，總之，突然就是想完全擺脱當時的生活，和當時的身分。於是，我毅然把辭職信丟在上司枱頭，在父母責難的注視下執拾行裝，把不屬於我的東西，通通還給那個不再屬於我的人，然後，向着那間被我訂了一個月的度假屋出發。

那是一個要坐兩小時的車程才能到達的偏遠之地，還得在那兒唯一的簡陋碼頭租坐昂貴的舢板，搖半小時的船才到的小島。

我從來沒想過，在一個接近開發殆盡的海邊城市裏，還會有一片未曾玷污的淨土。

在雙腿從搖晃不定的舢板，踏上柔軟沙灘的那一刻，我昂首閉上了眼睛，讓和煦的陽光驅散我的頭暈目眩，好把那個因暈船而幾乎吐出來的胃硬塞回去。

「顏先生，你有我的電話對吧？有需要提早打給我，我會開船來接你。」駕駛舢板的漁民在我的背後喊道。

我沒回首，只是微微點了點頭。

舢板那小型摩打的驅動聲徐徐遠去，很快便被那數之不盡的海浪聲吞沒。

我該不會是這島上唯一的人類吧？——這念頭從我腦海中一閃而過。

我搖搖頭，睜開眼睛，提起行李，緩緩沿着小島唯一的路進發。

翻過一個小山頭之後，我看到有五六座簡單而優雅的小平房，圍着另一個海灘，隔了點距離的豎立着，活像是一羣圍着沙灘營火會準備跳舞的大學生。

我一眼便能認出我所訂的度假屋是哪一間，我走到左邊數起第四間的房子前，丟下行李，從褲袋中掏出業主剛在碼頭交給我的鑰匙插進匙孔中，一扭，門應聲而開。

甫開門，一陣悶熱的氣息撲面而來，這也難怪，上一次有人在此處居住也不知是何年月的事了。

為了讓房子沒那麼悶熱，我決定開着門讓它通通氣，自己先到沙灘逛逛。

天很藍，那是一種在城市裏永遠看不到的蔚藍色，輕柔得令人想躺在那片藍上打個盹；大海是藍綠色的，海面乾淨得連半件垃圾也沒有，海浪柔和地輕撫着細沙，讓它露出白皙的肌膚。

白沙的中央，站着一個身影。

我擦了擦眼睛，確保自己沒有看錯。

我沒看錯，那黑髮及腰的身影是個活生生的女生。

而那一刻，她，正在海沙裏種花。

那個女生戴着淺栗色的闊邊草帽蹲在白沙上垂着頭，聚精會神地用手中樸素的小鐵鏟努力地在沙上挖洞；海風微微揚起了她那淡粉紫色的波希米亞裙的裙擺，薄紗隨風肆意地搖晃着；在她穿着的那雙米白色的涼鞋旁邊，放着一盆朱紅的玫瑰——這大概是整個沙灘上最鮮豔的顏色。

洞挖好了，女生小心翼翼的把盆中的玫瑰連根拔起，放進剛挖好的洞中，再掩上沙土固定。

朱紅色的玫瑰花瓣在海風的吹拂中顫抖着，彷彿已預感到自己終將迎來的命運。

纖瘦的女孩、細白的沙、隨風飄揚的紫色薄紗、在風中顫抖的朱紅色玫瑰——整個畫面美得像一幅將要凋零的畫。

「你為什麼要做這麼殘忍的事呢？」

女生聞言抬頭，循聲音的來源——也就是我——望來。

她戴着一副墨綠色邊框的太陽眼鏡，小巧筆直的鼻子下，有着略嫌缺乏血色的薄唇，瓜子臉上包裹着的是同樣缺乏血色的蒼白皮膚，給人一種病懨懨之感。

當她看到我後，薄薄的嘴唇勾起了微微的弧度：「稀客，今天是什麼日子，這孤僻的地方竟然來了客人？」

她的聲音很溫婉，但語調卻是淡漠的。

「我姓顏，會從今天開始租住江先生的度假屋，為期一個月。」我簡單地介紹了自己後，準備轉身離開之際，女生再次開腔了。

「顏先生，你剛才說我做的事殘忍，請問我怎樣殘忍呢？」

我回首看着她，她的上半張臉幾乎都被太陽眼鏡擋着，我看不穿她的表情。

「本來好端端一盆美麗的玫瑰花，被你這樣糟蹋了，難道不殘忍嗎？」

女生把小鐵剷丟進本來裝玫瑰的花盆中，站直了身子一步一步向我走來：「我怎麼糟蹋它了？」

「你把它種在海沙之上，不就是會害它凋零嗎？根本沒有花能種在海沙之上！」

女生在距離我大約十步之遙的時候停下了腳步，微側着頭說：「不試過又怎麼知道呢？」

我語氣有點不耐煩：「有些事情不需要試過也會知道吧？這是常識。」

「就算機率再低，只要肯嘗試，總會有成功的機會啊。」

我忍不住冷笑了一聲：「那你準備在成功前要犧牲幾株花？」

女生望着我，沒說話。

我不自在地吞了一口唾沫。

「有些犧牲是無可避免的。」她淡淡地丟下這一句話，便扭頭向着左邊數起第二間的房子走去。

剩下一臉懊惱的我，站在原地。

世上怎麼會有這種自以為是的人？

我一邊踏着重重的腳步，一邊後悔自己的多管閒事，讓自己在假期的第一天便已破壞了寧謐的度假心情。當我再次走到江先生的度假屋門前時，剛剛那種悶熱的氣息業已消失無蹤。

我進門摸索着開了燈，屋內的擺設相當簡單，一覽無遺。

一進門便是約半個羽毛球場大小的客廳，客廳左邊放着一部應該是上世紀生產的電視機；電視機的對面是一張褪色的三人沙發，淺綠與褐色斑駁交雜；客廳的另一邊放着一張木造的圓桌和四張可摺疊的木櫈；木桌後方有兩個關了門的房間，估計是睡房；客廳的盡頭則是廚房和浴室。

我隨手把行李丟在沙發上，逕自走進廚房中，找到了電熱水壺，把它稍作清洗後，便倒滿水按下了開關。在等待水煮沸的同時，我拉開了廚房裏那巨大得嚇人的冰箱，內裏的食材琳琅滿目，我點點頭，相當滿意。

早在訂房的時候，我已拜託了江先生為我準備食材，按他所說，廚房的冰箱內會先存放足以吃一星期的食物，然後每星期再由他把新的食材送到島上，又或我可以選擇回到碼頭那邊親自提取。

這時，電熱水壺發出聲響，熱水煮好了。

我小心翼翼把熱水倒進在廚房找到的玻璃瓶中，讓它自然冷卻成常溫水；然後從冰箱旁的櫃子裏拿了個海鮮味道的杯麪，打開，把剩餘的熱水倒進去。

杯麪的香味漸漸滲進了空氣中，與微鹹的風混在一起，耳畔還一直傳來規律的海浪聲，讓我彷彿置身於海洋當中。

我閉上了眼睛，靜靜地感受着大海的氣息。

突然，在漆黑的世界中，一朵火紅的玫瑰躍現眼前。

這世上有能在海中盛放的花，我知道。

但我從沒聽説過有能在海沙上存活的花。

如果這世上真的有能在海沙上栽種的花……那一定是一株求生意志極強的花。

我苦笑着，搖了搖頭，打斷自己那天馬行空的思路。

那不過是一個自以為是的女生在做一件任性的事情，我是來度假的，不該為此費神。

我這樣跟自己說。

在安頓好一切後，我從行李中拿出了我的畫簿和木顏色筆盒，出門往海的方向走去。

剛好趕得及在黃昏時份，夕陽西下之前來到海灘。

橙紅色的夕陽在海面撒了一大把金粉，讓它閃閃發亮；然後還霸道地把四周的景物通通染上自己的顏色；連天空和雲朵都不能倖免地開始燃燒，彷彿是為夕陽舉行一場華麗的火葬。

我在沙灘上隨意找了個位置坐下，放置好東西後，便打開手邊的木顏色筆盒——那是一個由蛇紋木造成，跟一個五吋平板電腦差不多大小的盒子——盒內有三層，每層有四十種不同的顏色。

這一百二十枝木顏色筆，是我最親密的戰友。

我拿起其中一種橙色，把它靠近畫簿，端詳着。

以前我畫畫時，常常都會播放一些自然界的天籟之音協助我集中精神；今天雖然沒有播放唱片，但輕柔而規律的海浪卻一直自告奮勇地當着背景音樂，使我能專注於繪畫夕陽。

但是，無論我怎麼畫，都覺得畫不出這夕陽的精髓，不禁有點心浮氣躁。畫了約十分鐘，斜陽的光線漸漸暗淡起來。我歎了一口氣，收拾畫具，便起身離開。

在走到沙灘的邊緣時，我看到那個自以為是的女生，正拿着一個看不清原本顏色的手提澆水器，為那株剛在沙灘上種下的玫瑰澆水。

夕照打在她的黑色長髮、她白皙的皮膚、她身上的淡紫色薄紗連身長裙上，像是要把她吞進橙黃色的世界中，但她臉上的神情是多麼的閒適、多麼的專注，彷彿世上只剩下了她，和她的花。

我掏出了木顏色筆，在畫簿上翻了新的一頁，開始繪畫着。

一個正在被夕陽火葬的女生，手中拿着僅餘的水，一點一滴地傾倒在朱紅色的玫瑰花瓣上，沾了水的花瓣看起來卻又像是為了夕陽的短暫而哭泣，整個畫面都散發着黃昏的氣息。

我遠遠的看着她、畫着她，直到她把手中的水都澆光，直到她拖着緩慢的步伐離開。

夕陽的告別式終於完結了。

接下來，是無盡的夜。

島上沒有街燈，入夜後黑暗迅速吞噬了四周的景物，剩下房子內那微弱的燈光在負隅頑抗着。

我打開睡房的門，左邊是一張普通的單人牀，右邊是一張簡單的小木桌和一張小圓木櫈。我把手中的畫簿放在桌上攤開，翻到女孩為沙中玫瑰澆水的那一頁。

她是認真的。

我突然有這樣的感覺。

她是認真地想在海沙上種一株花。

她是認真的想那株玫瑰能存活下去。

我該說她是漠視自然法則的瘋子，還是缺乏基本常識的笨蛋？

我搖搖頭，闔上了畫簿，和衣躺在牀上，眼睛看着比女孩的臉色還要蒼白的天花板。

虛空的黑暗中不斷傳來規律的海浪聲，我的呼吸漸漸與其節奏同步，然後在不經不覺間沉沉睡去。

翌日，燦爛的朝陽霸道地闖進我的寢室，用刺眼的金光強行將我喚醒。

「才六點……」我看了一下時間，平時早上六點，我還在夢鄉呢，想不到度假時竟然比平常更早起牀。

我起牀作了簡單的梳洗，口中隨意地銜着一片麪包，便走到屋外，腳步不自覺的往沙灘方向走去。

女孩早已蹲在沙中的玫瑰旁，手中拿着澆水器，默默地為那株孤獨的玫瑰提供水分。

昨天還是朱紅色的花瓣，如今大部分已變成了紫醬色，曾經鮮綠的葉子也開始枯黃，只有女孩的顏色還是嬌麗如昨。

「救不回來了，放棄吧。」我站在女孩身後，淡淡地說。

女孩驀然回首，臉上還是掛着那副墨綠色框的太陽眼鏡，使人看不清她的神情到底是倔強還是哀傷，抑或兼而有之。

「聽說，只要不是零，就算機率再低，奇蹟也是有可能會發生的。」

我輕歎了一口氣：「如果奇蹟真的會發生，我不希望它發生在一株種在沙上的玫瑰這樣的小事上，我會比較希望發生在我自己的身上。」

女孩怔了半晌，突然丟下手中的澆水器說：「你說得很有道理。」

然後她蒼白的嘴唇勾起了一個薄薄的弧度，猝不及防的在我面前把那株玫瑰一手連根拔起，然後拿到沙灘旁的樹蔭下，用纖幼細長的十指開始挖洞。

我不解地看着她：「你在幹嘛？」

她簡單地回答：「葬花。」

我饒有趣味的打量着眼前的身影。

那份決絕地把玫瑰連根拔起的冷酷，與堅定地在樹下為玫瑰挖一個安息之地的浪漫，到底，哪一面才是真正的她？

我站在一旁靜靜地看着她把半枯萎的玫瑰埋在樹下，再撥回泥土撫平。

「好了，」女孩站起來拍了拍手上的泥土，低着頭說：「你就好好化作這棵樹的養分吧。」

她抬起頭，剛好看到我把最後一口麵包丟進口中的樣子。

「男生就是……只會吃現成食品！」女孩向我走來，一手拉着我的衣袖，把我扯往度假屋的方向，「冰箱裏應該有食材吧？我來給你弄早餐！」

我任由她把我拉回屋內，她舉手示意我坐在沙發上後，便逕自走進廚房裏了。

雖說讓一個認識不到二十四小時，而且連名字也不知道的異性為自己弄早餐，好像有點發展過於迅速，但這個女孩已經深深勾起我的好奇心，我實在想像不到待會她會端一盤怎樣的早餐出來。

會是一盤焦黑如炭的地獄料理嗎？

還是一盤細緻精美的高級美食呢？

我拿起了一本書，卻半個字都看不進去，整個人的注意力都放在廚房那邊。

除了正常的做菜聲外，我聽不到特別的聲響，沒有摔破東西的聲音也沒有驚呼尖叫，我猜，這大概意味着事情正往着好的方向發展？

「弄好了，趁熱來吃吧！」女孩端着兩隻碟子步出廚房，把它們分別放在圓桌的兩面。

我放下了手中書本走近餐桌，瞳孔猛然擴張。

閃耀着金黃色光澤的炒蛋、煎至半焦的香腸和火腿、還有把蕃茄、馬鈴薯、蘋果切丁後拌以黑醋和橄欖油做成的沙律。

「這個沙律我做了一整盤，放進冰箱裏了。如果你喜歡吃，那就留給你吃；如果你不喜歡吃，我就拿回去自己吃。」女孩比我早一步坐在木櫈上，抬頭看着我。

這時我才留意到脱下墨鏡的她，正以那雙杏形的大眼睛一動不動地盯着我。

「這早餐……好豐富啊！」我低下頭避開了她的眼神，一邊在圓桌的另一端坐下，一邊讚歎着，拿起筷子一夾，就把滑溜溜的炒蛋送進口中。

不對勁。

怎麼會……

「沒有味道，對吧？」女孩走進廚房拿了鹽瓶遞給我：「要多少味道自己加，我煮的時候沒下鹽。」

我一臉茫然地接過鹽瓶，這年頭是不是每個女生都奉行走鹽走油的飲食宗旨？

女孩像是看穿我心中的疑惑般，微微一笑：「不是飲食健康的問題，而是，因為我吃不出東西的味道，所以才不敢亂加鹽。」

我臉上一定是露出了驚訝的神色。

女孩若無其事的吃着早餐：「趁熱吃吧，顏先生。」

我回過神來，把鹽灑向盤中的食物，突然又像是想起什麼似的停下了動作，抬頭望向女孩，說：「我叫顏宣合。」

女孩手中的動作頓了一頓，「……我叫海蘭。」

「海蘭小姐，我能問你一件事嗎？」

「什麼事？」

「你為什麼要在海沙中種花？」

海蘭停下了手上的動作，垂下眼簾，避開了我的目光。

「那個，如果你不想回答的話，請當我沒有問過。」

「顏先生，你曾說過，我是一個殘忍的人，對吧？」海蘭幽幽地說。

我有點尷尬的抓了抓頭髮：「這是因為不太了解你硬要把玫瑰種在海沙上的原因……」

「明知種在沙上的玫瑰會死，但我還是種了，所以你覺得我很殘忍對吧？」

我微微點頭：「有一點點。」

海蘭的語調是壓抑着的平靜：「那麼，如果明知道做了某件事後，自己的女兒有可能會死，但還是一意孤行的父母呢？那該怎麼形容？」

「什麼？」

「……沒什麼，只是打個譬喻而已，顏先生不必放在心上。」海蘭又回復了她的微笑。

看着她的表情，我便知道自己不應再多問。

畢竟，我們認識還不到二十四小時。

尷尬悄悄蔓延，我們都低着頭，專注地吃着早餐。

最終海蘭率先打破沉默：「顏先生會在這兒住多久？打算在這兒幹什麼？」

「我打算在這兒度過一個月的假期，至於這三十日內我打算做的事嘛……大概是畫畫吧。」

「繪畫？」海蘭露出了感興趣的表情。

「對，繪畫，我喜歡畫美麗的風景。」

「那吃完早餐後我帶你到一個地方，保證有源源不絕的景色任你取材。」

我把一塊切丁的蘋果放進口中，一邊咀嚼一邊點頭。

吃過早餐後，海蘭重新架上了她的墨鏡，領着我往我下船位置的相反方向走去。

今天的太陽有點猛，雙手拿着畫簿和畫筆的我，抽不出手來擋着刺眼的陽光，心中暗暗後悔沒像海蘭那樣戴上太陽眼鏡。

我們沿着海灘一直走，走了五分鐘左右，來到一塊巨大的岩石前，我昂首打量着，大約有三米高吧？

「跟着我，我們要翻過去。」海蘭從旁邊比較矮的石頭開始攀爬，熟練地循着某條只在她心中的路線爬上了岩頂。

我把手中的東西遞向岩頂的她，她接過了，我再循着她剛才攀爬的路線登上岩頂。

「看。」海蘭微笑着，修長的食指指着另一方向：「這是不是很漂亮？」

我抬頭一看，驚呆了。

眼前是一片大而平淺的石灘，陽光直接射透了海水，為這片平淺的海點亮了一盞燈，使水底清澈可見；在石灘的中央有一條比兩側淺水略高的碎石路，直通往遠處的另一個島。

「這條路只有在潮退時才會出現，沿着走就能回到本島了——不過到那邊後你還得穿過一座森林才能到達有人煙的地方。」

我微微吃了一驚：「這兒跟本島是連接的？」

海蘭露出一個意味深長的笑容：「不然你以為這兒的水電是怎來的？真的靠那幾塊太陽能板嗎？」

我好不容易從震驚中恢復過來，曲身從岩石上跳下。

石灘的水面閃爍着粼粼的波光，像是鋪了一層閃耀的糖霜。

「顏先生，你能扶我一把嗎？」

我驀然回首，剛好看到坐在岩頂上的海蘭向着我伸出了左手。

我幾乎是下意識的伸出右手接着，細嫩卻微涼的肌膚觸感從我的手心快速地傳至我的大腦；在我能作出反應之前，海蘭已然輕巧地落下，抽回了手。

「要試試在海中央散步嗎？」

我迎着朝陽的光芒踏上了那窄長的碎石路，海蘭緊隨着我。

路兩旁的水很淺，我能一眼看透水底，水中有游動速度極快的小魚兒，在水底好整以暇慢吞吞地散着步的小蟹，還有那些像一個個小黑點似的浮游生物。

不經不覺間，我已經停下了腳步，蹲着碎石路上，專心地看着水底生物的活動。多麼奇妙的情景，彷彿是一個專屬於我的水族箱。

當我正想翻開畫簿的時候，海蘭忽然開腔：「你想就這樣蹲着寫生嗎？」

我聞言立即站了起來，可是蹲太久了，有點頭昏腿麻，一時沒站得穩，搖晃了一下。

「小心！」

海蘭伸手想扶住我，但我只來得及把手中的木盒子及畫簿交到她身上，然後我就失去平衡了。

「噗通！」

「顏先生！」

清涼的海水迅速浸濕了我的衣服，沖走了我皮膚上的暑氣。

不濕白不濕，我索性「大」字型的躺在水中，閉目感受陽光與海。

「顏先生，你沒事吧？」

由於海水的阻隔，海蘭的聲線只能若隱若現的傳到我耳中。

我從水中坐直了身子，嘴角帶着笑意地對着她說：「我很好。」

「我從來沒有這麼自由自在過！」

我故意拍打水面，濺起了一輪水花：「在學校我是品學兼優生；在家裏我是聽話的孝順好兒子；在公司我永遠是早出晚歸的勤奮員工。我的人生一直都按着軌道走，沒做過什麼出格的事——穿衣服下水還是第一次，感覺好新鮮，哈哈！」

海蘭嘴角微微牽動，彷彿在笑，但她沒說話。

也是，對於一個會在海沙上種花的人來説，穿衣服下水算得上哪門子的出格？我這是班門弄斧了。

這時海蘭看了一下腕錶：「差不多要開始潮漲了，我們先回岸邊吧。」

我點點頭，從海水中站了起來，稍微擰乾了一下衣服。濕答答的布料緊貼着我的皮膚，怪不舒服的，但我還是很喜歡這種任性奔放的自由感覺。

我隨着海蘭的腳步一直往回走，在猛烈陽光的照射下，回到岸邊之時，我身上的衣服已是半乾。

「先回去洗個澡換件衣服吧？」海蘭提議。

我點點頭，伸手示意她把畫簿和木盒子給我。

「你換完衣服還會過來這邊畫畫吧？拿來拿去也太麻煩，先放在這兒吧，我會好好看管的。」

我想想也有道理，於是就一個人照着原路回到度假屋洗澡換衣服，再爬回巨岩上。

我的畫簿與筆端正的放在岩石上，旁邊還有一個不知哪來的籃子，內裏放着瓶裝水和三文治。

海蘭站在不遠處，孤獨的背影融入於樹蔭中，一動不動地看着大海。

淺紫色的輕紗長裙隨着海風散揚，活像一株盛開在海沙上的花。

我在岩石上坐下，翻開了畫簿，打開了木盒，拿起了木顏色筆，開始繪畫眼前景色。

在水彩、粉彩、油彩、壓克力彩等等的顏料中，我最喜歡用的卻是平凡簡單的木顏色。木顏色筆的厲害之處，正是能夠勾勒出很細緻的線條，能夠把景物的細節精巧地表達出來。

白光盈天，碧藍遍海，綠樹成蔭，然後，是一株栽種在海沙上的紫蘭。

我畫了差不多半小時，海蘭就背着我一動不動了半小時。

直到畫的雛形已成，我才放下手中的筆，拿起了籃子裏的瓶裝水喝了幾口，這時海蘭的聲音在我耳畔響起：「這是我做的三文治，你餓了可以拿來吃。」

她正坐在我身旁看着我的畫稿。

「你的畫，筆觸很細膩，對比感很強烈。」

我抓起一份三文治咬了一口，還是沒調味的清淡，但食材本身的味道卻和諧地配合，薄薄的鹹、淡淡的甜、點點的酸。

「這只是初稿，之後我會繼續把它畫完。」

海蘭伸出修長白皙的食指在畫紙上比劃着，像是在用手指把畫再畫一遍似的，最終她的指尖停留在淺紫色的花瓣上。

「這幅畫的主題是什麼？」

我隨意說道：「大概是『在海沙上栽種的花』吧？」

海蘭霍地抬起頭望着我。

「這畫畫好之後，送給你。」我把視線投向遠方的大海，裝作沒留意海蘭的反應，「雖然現實中沒可能在海沙上種花，但我至少希望在畫中的世界完成你的願望。」

海蘭盯着我沉默良久，待我的三文治快要吃完的時候，她終於說了一句話。

「我們，只是萍水相逢。」

我笑着，回應了一句：「即使，我們只是萍水相逢。」

往後幾天，我的生活都很固定：早上吃完簡單的早餐後便會繞着度假屋外的海灘晨跑；中午時分會帶着乾糧與水攀上巨岩速寫幾幅素描；黃昏時會到沙灘畫一下日落的景色，再回度假屋隨便弄點吃的權當晚餐。

在晚餐後、睡覺前，我都全神貫注地繪畫着那幅「在海沙上栽種的花」。

海蘭每晚都會在晚餐時過來串門子，每次都會帶個沙律或者熱葷給我加菜；當我在畫畫的時候，她就會坐在沙發上默默地看自己帶來的繪本或畫集。

我發現她看書時總是稍微瞇着眼睛，杏形的雙眼拉成狹長的橢圓。

「你眼睛不好嗎？」我終於忍不住問。

海蘭先是一愣，然後看着我點了點頭。

「是近視嗎？為什麼不戴眼鏡？」

「跟近視遠視沒有關係。」海蘭臉上露出了一個苦澀的笑容，「是眼鏡也幫不上忙的問題。」

當我正想追問下去的時候，海蘭陡地站了起來，淡淡地說：「晚安，顏先生。」跟着走向門口離開。

天空那無垠的黑暗深處中，冷不防傳來了一聲雷鳴。

雷鳴聲斷斷續續的咆吼着，我沒在意太多。天要下雨，本來就是自然現象。我只管專注於畫好眼前這幅畫，其他事情還是不要上心比較好。

我拿了一枝粉紫色的木顏色筆在手中，端詳着畫簿，思索着如何下筆。

耳畔傳來吵鬧的淅瀝聲，看來已開始下雨了，聽起來雨勢還不小。

我的手拿着木顏色筆久久沒動，腦海中有一個聲音不斷催促自己快點動筆，可是心神卻總是不能收斂，只能呆呆的看着眼前的半成品畫作，雖是一副思考中的樣子，其實思緒卻早已不知道飄到何方去了。

「啪！」

突然，眼前一黑。

停電了。

我伸出雙手，靠着辨聽雨聲傳來的方向，在無盡的黑暗中一步步的摸索着，直到指尖傳來牆壁的觸感，才扶着牆壁慢慢走回房間。

好不容易在房間的抽屜中摸出了一枝手電筒，重獲光明的我立即跑出門口望向右方。狂風夾雜暴雨不斷從頭到腳的洗刷着我，我必須用手擋在額前才能勉強睜得開眼。

果不其然，海蘭的房子也停電了。

當我正猶豫着該不該過去看看海蘭的狀況時，一道閃電劃亮了夜空，我在驚鴻一瞥之間看到海蘭正在屋外彎着腰，彷彿在搬運什麼東西。

我連最後一點的猶豫都棄掉了。

「海蘭小姐！你在幹嘛？現在天氣這麼惡劣，你一個人跑出屋外很危險的！」

海蘭回首，濕透的長髮散亂地貼在臉上。

「我的花……」她的聲音透露出絲絲無助，「我的花……」

我用手電筒一照，屋外那幾盤曾經應該是花的東西，如今只剩下光禿禿的花莖。

「先進屋子裏再說吧！」我一手抱着海蘭的肩膀，一把將她擁進懷裏，半拖半就的把她拉進屋子中。

甫進房子，手電筒的光就照到客廳中央的沙發，我連忙扶着海蘭走向沙發，稍微用力地按着她的肩膀，才能讓全身抖顫不已的她，緩緩地坐在沙發上。

「你濕透了，我幫你拿毛巾擦一擦。」我柔聲地道。

這邊廂我的雙手剛離開了海蘭的肩頭，那邊廂海蘭立即緊緊抓住我的臂膀：「……求求你，請別離開，留下陪我，可以嗎？」

儘管我的臂膀被她抓得發痛，但我還是點了點頭，挨着她在沙發坐下。

她的雙手還是牢牢的抓住我的臂膀不放，本來微涼蒼白的皮膚，如今變得冰冷而毫無血色，我有點擔心的問：「濕透的身子很容易着涼的，不如我先拿毛巾給你擦擦，好嗎？」

海蘭全身都顫抖着，沒說話。

我嘗試用另一隻手輕輕掰開她的手指。

「那一天，也是下着大雨。」

冷不防海蘭突然夢囈似的吐出了一句沒頭沒尾的話。

我停下了手上的動作，沒說話，看着她。

「我剛從大學下課，恰好那天忘了拿傘，仗着車站跟家的距離不遠，於是沒跟家人聯絡就直接冒着雨跑回家。」

我嗯了一聲。

「跑到半途的時候，天打了一個驚雷，震耳欲聾的，我剛想舉起手想掩住耳朵，忽然頭一痛、眼前一黑……醒來時，我已躺在醫院的病牀上。」

海蘭的語氣淡得像是在訴說別人的故事。

「醫生說，我被掉下來的招牌砸中頭部，導致硬腦膜下出血，積血壓着腦神經，那一刻還未知有什麼實質性的影響……後來就知道了。」

我回憶起共同相處的點滴：「你的味覺？還有眼睛？」

「我吃不出味道，看不到顏色。」海蘭鬆開了手，撫摸着自己的臉龐：「我在大學主修美術，畫的油畫在外國比賽更拿過獎項，教授都誇我是明日之星，然而，『砰』的一聲，我的未來就煙消雲散了……從那天開始，我的世界就剩下了黑白灰。」

海蘭抬起頭看着我：「告訴我，一個看不到顏色的人還能怎麼畫畫？」

我平靜地問：「醫生有建議什麼治療方法嗎？」

「開顱手術。」海蘭指着太陽穴，用一種不知是笑還是哭的腔調說，「把頭蓋骨掀起來，將積血清掉，然後等腦壓下降，才能把頭蓋骨蓋回去。」

「風險大嗎？」

「醫生說，有一定風險。」

「那你打算怎麼辦？」

「任由瘀血積聚，能多活一天是一天。」我發現海蘭的身體現在抖得更厲害了，「我怕死，真的很怕，我怕睡着了，就再也醒不來了。」

我輕輕摟住了她的肩膀：「有一定風險，也意味着有一定的機會成功。」

「是啊，我的父母也是這樣説。」海蘭僵硬地掙脱了我的臂膀，雙眼閃着微弱的光芒：「正如在海沙上種花，也有一定的機會成功啊，為什麼你就會覺得我殘忍呢？」

那一刻，我竟無言以對。

在海沙上種花的緣由，我終於懂了。

我到底有多自以為是，我也終於明白了。

「對不起，那時我不知道內情，隨便就説你殘忍，是我不對。」

海蘭直視着我，幽幽的説道：「不怪你，畢竟，我們只是萍水相逢。」

我胸口陡然一緊。

「……是啊，我們只是萍水相逢。」

「所以，你沒必要為我而感到難過。」

我霍地從沙發上站起來：「既然你身體不好，我還是去拿條毛巾給你擦乾身子吧。」

然後像是逃避什麼似的跑進了浴室中。

我背靠着門深呼吸着，嘗試平復紊亂的情緒。

十分鐘之後，我隨手拿了一條晾在浴室的大毛巾便回到客廳。海蘭已蜷曲着身體在沙發上睡着了，還發出了均勻的呼吸聲。

我默默地把毛巾蓋在她的身上，關掉了手電筒，在滂沱大雨協奏的漆黑中，靜靜地注視着她熟睡的臉龐。

翌日，當伏在飯桌上睡覺的我醒過來時，沙發上已空無一人，浴室中傳出水聲。

我乘着晨光打量了一下屋內的擺設，基本上跟我的度假屋大同小異，除了窗旁擺放了好幾盤的花，有向日葵、康乃馨、紅玫瑰、黃玫瑰……

我悄悄離開了海蘭的房子，回到自己的度假屋洗了一個徹底的熱水浴。

當我從浴室走出來時，一份完整的早餐已放在我的餐桌上，還微微冒着煙。

我一邊吃早餐，一邊用智能電話給江先生發訊息說了停電的事，今天剛好是他會來補給物資的日子，希望他能想辦法修理一下。

江先生回覆說他今天會帶上電工來處理。

我安心地回到畫架旁坐下，拿起筆繼續畫畫——如果修理的話……應該連海蘭那邊的電力也能恢復吧？

豈料，隨着江先生的船來到的，除了電工，還有兩位不速之客。

「阿蘭！還有十天便要做手術了！做手術前有很多事情要準備的，你還想在這兒浪費多少時間？」

「媽……我真的不想做手術……」

「你這是發什麼小姐脾氣？不做手術的話你會死的！怎能不做手術？你死了叫爸媽怎麼辦？」

「媽，我做手術一樣有機會死的……」

「從小到大，我不是都教你遇到困難都要勇敢面對嗎？醫生都說了成功機率不低，為什麼你就是不能堅強一點？」

激烈的吵鬧聲從室外傳來，我連忙走出房子察看。

只見一個四十多歲的婦人扯着海蘭的手，強行把她拖往碼頭方向；海蘭苦苦掙扎卻力有不逮；不遠處一個滿頭白髮的男子與江先生並肩而立，旁觀着這一切。

「海先生，我真的要走了，請問你們到底要不要上船？」江先生問身邊的白髮男子。

「江先生，真是不好意思，你能再等一會兒嗎？我太太正在勸導小女，她十天後便要動手術了，今天一定要走的。」白髮男子語氣溫和，卻隱隱然透露出不可違抗的意思。

江先生眉頭輕輕一蹙：「可我看海小姐沒有離去的意願？」

「她會有的，現在只是一時沒想通而已。」白髮男子篤定地說。

「不，海蘭今天不會走，江先生你先回去吧。」

四雙眼睛同一時間投向說這幾句話的我身上。

「你是誰？」白髮男子略微帶着敵意問道。

我望向海蘭：「我是海蘭的朋友。」

海蘭的眼神跟我相接了一剎，瞬即，淚如泉湧。

中年婦人望向海蘭：「朋友？什麼時候交的朋友？怎麼我都不知道？」

「宣合！」海蘭向我投以求救的眼神，「我不想走！」

我剛想說話，白髮男子已搶先開腔：「你好，我是海蘭的父親，請問你跟小女是什麼關係？」

語氣很平淡，卻隱含着打量與試探。

「海世伯你好，我是海蘭的朋友，我叫顏宣合。」我微微點頭，淡淡回應。

「顏先生，既然你是小女的朋友，理應已知道她的身體狀況了？」

我點頭：「大致了解。」

海世伯的目光瞬間變得懾人：「那麼，為了小女健康着想，你不是更應該勸她跟我們回去接受手術嗎？……作為小女的『朋友』。」

聽到他特意在「朋友」上加重了語氣，我就知道海世伯完全誤解了我跟海蘭的關係。

「海世伯，依海蘭現在情況，我也同意，手術是必須的。」

海蘭聞言睜大了眼睛：「宣合！」

海世伯的嘴角勾起了勝利的弧度。

「可是，」我緩緩地補充，「既然十天後才動手術，也不急於在今天離開——海蘭，我答應送你的那幅畫，大約還需四五天便能完成了，屆時你就拿着那幅畫離開吧。」

海蘭先是一臉不可置信地看着我，然後臉上的表情漸漸變得黯淡，最終又回復成我們初見時的淡漠：「好，如果這是你所希望的。」

「畫？什麼畫？」

海伯母剛想張嘴說反對，海世伯的視線就直刺向海蘭，用不容置疑的語氣說：「就五天，五天後無論那幅畫畫好沒有，都得走。」

他邊說邊從褲袋掏出錢包，別過頭跟江先生說：「江先生，這五天，為了確保小女安全，我們會留下陪伴她，五天的租金要多少錢？」

江先生搖着頭，輕輕推開海世伯的錢包：「海小姐早已付清了一個月的租金。」

海世伯還是從錢包中抽出了幾張金澄澄的鈔票，強行塞進江先生手中：「江先生，五天後就拜託你回來接我們了。」

江先生看了看我，又看了看臉上淚痕未乾的海蘭，接着垂首看了看手中的鈔票，最後點了點頭。

目送江先生離開後，海蘭彷彿把我當成空氣似的，正眼也沒瞧向我一眼，逕自領着父母走回她的度假屋。

我也默默的回到自己的房子，靜靜地繼續畫我的畫。

海蘭，你不明白的一切，就讓我畫進畫中，傳達給你吧。

接下來幾天，海蘭一直閉門不出，即使我早上散步時遇到海世伯和海伯母，他們也是一副「敢靠近過來就給你好看」的樣子，我也不打算上前搭話。

直到第四天的晚上，當我為面前的畫作最後整理時，突然有一種莫名的預感，驅使我放下了畫筆，拿着手電筒出門，走向沙灘。

果不其然，有一枝光線熒燎的手電筒，在沙灘上虛弱地躺臥着，旁邊有一個薄紗飄揚的身影在挖着洞。

我嘴角微微勾起了一個弧度。

這才是我認識的海蘭。

縱使不能抵抗生命的無常，也要用自己的方法向命運咆哮！

月色如洗，我一邊走近沙灘一邊輕聲說：「你為什麼要做這麼殘忍的事呢？」

幾秒後，她緩緩地抬起頭，眸色如月的看着我，淡漠地反問：「請問我怎麼就殘忍了呢？」

我往她身旁掃視了一眼，先前在海蘭屋內看到過的花，如今排成一列的被栽種在沙灘上，活像一排等待行刑的死囚。

我指着在夜風中顫抖的花兒：「你把它們種在海沙之上，是打算種花還是葬花？」

海蘭冷笑了一聲：「那你叫我去接受手術，是打算救我還是害我？」

我對上了她的眼神，誠懇地說：「救你。」

海蘭眼神中掠過一絲不知所措，她垂下頭，幽幽地說：「我有機會死的，宣合。」

剎那間，我不知哪來的勇氣，驟然伸手抓住了海蘭的手，在吃驚的表情還未來得及浮現在她臉上之際，我已經開始拖着她邁步前行：「海蘭，有些東西，我想讓你看看。」

海蘭任由我拖着，走了沒幾步，她突然用力回握着我的手。

從她微涼的肌膚中，傳來手心一絲的暖意。

「你要帶我去哪？」海蘭看着我拉着她一步步往巨岩走近，不禁低聲驚呼：「晚上攀岩很危險的……」

我鬆開了她的手，把手電筒打橫銜着，靠着皎潔明亮的月色，麻利地爬至岩頂，再回首向下方的海蘭伸出手：「你不是說你會死的嗎？那晚上攀岩算得上是什麼？」

只見海蘭眉頭一蹙，二話不說就沿着那熟悉的路徑往上爬，我伸出手接應了她一把。

「到底你想讓我看什……」海蘭話到一半，看到石灘上的景色後便住口不言，睜大了圓杏的眼睛，連呼吸都瞬間停止。

如絹的月色散落在平淺的石灘上，讓石灘上清澈的海水冒起了一陣如淡黃而明亮的螢光。一陣海風掠過，「螢光」竟開始流動起來，活像一條在水底流轉的光龍。

「好漂亮……」海蘭低喃着。

我往石灘中央的碎石路走了幾步，回望海蘭：「要來看看『夜光』的真面目嗎？」

海蘭點點頭，隨着我的步伐邁開腳步。

甫踏上碎石路那刻，我們便恍如漫步於星河之上；腳下的沙石彷彿化成喜鵲；鵲橋兩旁盡是閃耀流動的絡角星宿；皓月千里，海浪輕奏着月下的小夜曲；天地悠悠，萬化之間就只剩下我與眼前的這一株盛開在星海上的花。

「雖然你看不到顏色，但你還是看得到亮光的吧？」

我蹲下身，輕輕牽起了海蘭的手，放進了冰涼的海水之中。手掌四周的「螢光」立即受驚流竄，露出了本來真面目。

「這是……什麼？」海蘭一臉迷惑。

我微笑道：「這是深海裏的浮游生物，大概是被早幾天的暴風雨從深海中捲了上淺灘吧。我也是前晚無意中發現的，本來牠們活在深海，大概一輩子也沒機會接觸月光，豈料一場暴風雨卻改變了牠們的命運，更想不到月光映照在牠們身上時，牠們的身體竟然會發出『夜光』……命運的更迭固然殘酷，但結果也可以是美麗的。」

海蘭抬起頭看着我，倔強的表情開始消弭。

「海蘭，我來這兒，除了畫畫，還有另一個原因。」我直視着她的瞳孔，「我是為了逃避自己的人生。」

海蘭臉上的表情紋絲不動，但我感覺到她在水中悄悄用力握了握我的手。

「我的人生一直都是由父母安排的，由小學到中學；由選文理商科到大學選科系；由畢業後做的工作到選女朋友，通通都由父母安排。」

我苦笑了一下，續道：「其實我真的很喜歡畫畫，當年本想選文科，但父母認為商科比較能賺錢，結果逼我選商科；畢業後我好不容易在畫廊找到一份工作，父母卻逼我辭職，然後到銀行去當出納員；而且還得管我的情感生活，強行介紹不知是誰的女兒給我拍拖，可我根本就不喜歡她，這戀愛還怎麼談下去？

「於是某一天，我突然就爆炸了。辭掉了工作、跟女朋友分手、拋下了父母，然後一個人來到這兒，一個沒有人逼我做任何選擇的地方。」

海蘭幽幽地問：「那你還讓我跟我的父母走？」

「我上網查看過你的畫作，得獎了的那幾幅。」

「嗯？」

「海蘭，你是一個有天分的人，別埋沒自己。」我平靜地道，「你試想像看看，要是你放棄畫畫，改成當一個普通的銀行出納員，你受得了這種刻板重複的生活嗎？」

海蘭側起腦袋想了想，然後搖搖頭。

「我已經無法回到過去重來一次追夢了，但你還可以。趁為時未晚，你就去接受手術吧！待身體恢復後，便繼續往你的夢想奔馳，繼續繪畫一幅幅觸動人心的作品吧，海蘭！」

海蘭的眼眸瞬間罩了一層霧氣，她用略帶嗚咽的聲音哀傷地說：「可是，宣合，如果我死了的話，我還能怎麼追夢呢？」

「你不會死的。」

海蘭臉上微微露出一絲苦笑：「你怎麼知道？」

「那，我們來個約定好了——只要我成功在海沙上栽種出盛開的花，你的手術必定會成功。」我孩子氣地笑着，向海蘭伸出了尾指。

海蘭看着我的尾指呆了半晌，然後噗哧一笑：「哪有這樣約定的？如果你把花種壞了的話，我不就死定了嗎？」

「我是絕不會種壞的。」我真摯地看着海蘭，「因為我會用一生去完成這個約定。」

海蘭全身驀地一顫，幽幽地垂下了眼簾：「我們，只是萍水相逢。」

我的尾指仍然堅定地懸在半空：「我們，不再是萍水相逢。」

下一秒，海蘭的尾指已緊緊扣住了我的尾指。

翌日中午，江先生的船如期駛至，海蘭和她的父母早已執拾好行裝在度假屋前的樹蔭下等待着。

「我先幫你們把行李拿上船，你們慢慢走就好！」江先生一手提起為數不多的行李，然後一溜煙似的跑往碼頭方向消失不見。

我一手拿着畫簿，一手拿着木盒走近海蘭：「這是我答應送給你的東西。」

海蘭一臉詫異地接過了我手上的東西：「這木盒……這盒木顏色對你來說是很重要的東西吧？」

我微微一笑：「是啊，送給你。」

海蘭的眼睛瞬間睜得老大。

「畫，在畫簿裏。希望你現在先不要揭開看，留待你手術成功，看到顏色之後，才打開它，並用這盒木顏色筆塗滿內裏空白的每一頁，好嗎？」

海蘭看着我，點了點頭。

「蘭，該走了。」海世伯瞄了我一眼，然後轉身，頭也不回的離開。

海伯母拖着海蘭急步跟上他的步伐。

海蘭半拖半就的走着，回首望向我。

「宣合，如果我沒死，明年今天，我會來這兒看你為我而種的花！」

「海蘭，一言為定！」

八月二十五日，晴，在猛烈的陽光照耀下，海蘭的身影慢慢淡出了我的視野。

四周，回復了平常的寧靜。

海風吹動了樹葉，海浪拍打着岸邊，海鳥劃過了湛藍的天空。

我邁步走向沙灘。

該開始履行約定了。

一年後，我坐着江先生的船，再一次來到了這個偏僻的小島。

「顏先生，也虧你真的每個星期都來一次這個島種花，還真的種了一年……」江先生的語氣中，隱約透露出不知是佩服還是同情的感覺。

「這是一個約定。」

我輕巧地從江先生的小船上跳下，我已經再也不會暈船了。

我踏着膨鬆的沙子，一步一步的往度假屋方向走去，每走一步，心就突地跳了一下，這一年來的記憶就像跑馬燈般在腦海裏一幀幀掠過。

這是我一生中第一次真正為自己做的一件事。

翻過了小山頭，越過了度假屋，我筆直的往沙灘走去。

沙灘上到處都匍伏着紫紅色的小點，喇叭狀的花瓣讓它看起來有點像牽牛花；花下成對稱的兩片腎形的葉子看起來像馬鞍，葉上還有厚厚的革質。

這是馬鞍藤，極少數能夠在海沙上生長的花。

當我在花旁蹲下身子，正準備察看它們生長的狀況時，冷不防後方傳來了一把淡漠的聲音：「我把你畫簿裏空白的每一頁都塗上顏色了，你拿什麼回報我？」

我披着陽光灑在身上的溫度，淺笑着站直了身子，沒有回首：「我為你在海沙上栽滿了一整片的花。」

1000
1000
在沉淪深淵綻放的花

第一次遇到張子玲，是在某個烏煙瘴氣的迷幻派對之中。

派對是由社團人士舉辦的，有酒精、有香煙、有那些不能說出名字的藥品。

社團老大向我招招手，我立馬拿着公事包坐到老大的身邊，心中不斷提醒自己，我只不過是一個地產經紀，別多管閒事。

穿着灰色西裝外套配碎花開襟恤衫的老大，舉頭喝了一大口啤酒：「湯仔，上次叫你租的舖位搞定了嗎？業主肯不肯減租？」

我陪着笑道：「華哥，全都搞定了。」

華哥滿意地點了點頭：「湯仔做事就是靠譜！今天我拿了十枝銀帶馬爹利來，你至少得給我幹掉兩枝！」

我臉上的笑容燦爛得幾乎撕裂嘴角：「謝謝華哥！但今天不巧我女人要我陪她逛街……改天！改天一定接受華哥好意！」

我就是在離開派對時碰上子玲的。

穿着某啤酒品牌衣服的她，腳步浮浮地在門口跟我撞個滿懷，她雙手抓住我的衣襟，勉強穩住身子，雙眼迷濛地看着我：「帥哥，要不要叫一打啤酒？嘻嘻……嘻嘻嘻嘻！」

我皺着眉頭嘗試把她推開：「快放手，我要走了。」

她緊緊抓住我的臂膀不放，把唇湊近我的耳邊：「今晚剛好特價，一打啤酒只需兩百元哦，是不是很化算？」

我嫌惡地別過頭，嘗試擺脱她的糾纏，只是沒想到女孩子的力氣可以這麼大，她一直纏着我不放，我一時情急，用力推了她一下，她應聲倒地。

她跌坐在地上，哇哇大哭起來。

當我手足無措之際，華哥懶洋洋的聲音從我背後傳來：「怎麼弄哭女孩子了？害大家都沒喝酒的心情了，湯仔，你可得負責任啊。」

我回首看到華哥眼神的一剎那，我知道如果我今天甩下這個女孩不顧而去的話，鐵定大禍臨頭，於是我扶起仍坐在地上大哭的女孩，拖着腳步慢慢走向酒吧附設的休息室。

好不容易把那個女孩丟到休息室的牀上，我也累癱了，攤在沙發上喘息着；這時酒精發揮了它的作用，我漸漸闔上了眼睛……

翌日，我雙眼一開，就看到一個衣衫不整、頭髮凌亂、臉上的妝溶化得有如厲鬼般的女孩，正睜着大大的眼睛看着我。

「嚇！你要幹嘛！別這樣嚇人好不好！」

女孩向着我攤開手板，一臉認真地說：「就算你昨晚什麼都沒幹，我也是要收一千二百的，平常過夜要三千的，我已經給你算了個折扣，付錢吧！」

我揉了揉發痛的太陽穴，摸出了乾癟的錢包，隨手拋給了女孩：「我整個銀包只剩下五百塊，你愛拿多少算多少。」我沒有理會她的反應，逕自走進了洗手間梳洗。

當我從洗手間出來時，女孩已然不在，唯獨我那更見乾癟的錢包，以及熒幕已被解鎖的手機，正默默地躺在牀上。

恰查恰查查……

作為一個地產經紀，每一個來電都是一個潛藏的商機，就算是陌生的來電號碼，我也照聽不誤。

「喂？是大叔嗎？」一把聲線沙啞，語調卻很少女的聲音從電話的另一端傳來，我對這聲線還殘留着一絲印象。

「你想怎麼樣？」我的語氣很冷淡，跟社團人士混多了，深知對付這種不知自愛的女孩不能心軟，否則會被纏上，影響深遠。

「大叔，你還欠我七百塊，什麼時候給我？」女孩吃吃地傻笑，渾然不覺我的刻意冷淡。

「我沒打算給，如果你要拿，你去問華哥拿。」我立刻祭出殺手鐧，不待女孩有機會說話，便迅即掛上了電話，還馬上把電話號碼封鎖掉。

過了一星期，華哥的新舖終於成功簽約，華哥高興得拉着大夥到他看場的酒吧盡興一番，還不斷向我灌酒。

「恭喜華哥租到風水舖王！那個位置人流旺、氣場足，無論用來做什麼生意都穩賺不賠！」

華哥抬了抬眼皮睨着我：「湯仔，怎麼這麼多廢話？喝！」

「華哥，我真的……」

「這瓶路易十三可是好東西，你不是不給我面子吧？」

「哈哈哈哈……怎麼會呢？我喝！多多都喝！」

我腦海中最後的記憶，是伏在酒吧的坐廁上不住嘔吐，胸口脹悶胃部翻騰，肝臟投訴似的發出悲鳴，然後就失去了意識。

有試過的人都知道，宿醉後的清晨，最是難受。

我呻吟着睜開了眼睛，赫然發現眼前有一張年輕的女孩的臉。

我頭痛欲裂，張口想向女孩說些什麼，喉嚨卻乾涸得發不出聲音。

女孩向我遞來一杯水，坐在牀邊笑嘻嘻地向我攤開手板：「一千二百塊，另加你欠我的七百和利息，給我二千就好。」

我不禁歎息：「這杯水未免太貴。」

女孩霍地跳起，叉着腰氣鼓鼓地嚷着：「貴？你知不知道昨晚我是花了多少氣力，才把你從酒吧那臭得要命的廁格抬到酒店來的？」

我喝着水揉着太陽穴，語氣很是平淡：「如果在完全喪失意識的情況下，以我的體重來算，就算是四個你這樣的女孩也抬不動我。昨晚是華哥派人把我送過來的吧？」

女孩語塞，蒼白的臉上泛起一絲紅潮。

「……就算是又怎樣？華哥吩咐我照顧你的，我照顧你一整晚了，你就得付錢！快拿錢來！」

喝完水後，頭痛終於稍有緩解，我目光如炬的往女孩一瞪：「如果是華哥吩咐的，那他一定有先給你錢；你現在又問我拿錢，你是想吃兩家茶禮？被華哥知道了會有什麼下場？你不想活了？」

女孩雙目瞬間含淚，她幽幽地垂下了頭：「……我還欠華哥錢……所以華哥沒給我錢……」

我輕輕歎了一口氣，我知道華哥的「生意」是什麼，也見識過很多因為這「生意」而欠下一屁股債的女孩，最終都是向着地獄的深處墜落，一去不返。

也不知是被什麼所驅使，我驀地伸手抬起了女孩的下巴，時鐘酒店那廉價的窗簾，無法阻止陽光強勢的進入並照射在女孩的臉上。長期夜生活導致的蒼白臉色與紫黑眼圈，都不及皮膚上那因吸食毒品而產生的顆粒、色素以及粗大的毛孔來得顯眼，一看便知眼前這女孩「毒齡」至少超過三年。

「你今年幾歲了？」我從懷中掏出香煙點了，緩緩地抽了一口。

「二十一。」

「我指真實的年齡。」

「……十八。」

十八芳華，本該是最美麗盛放之時，眼前這女孩輪廓精緻，身材更是少見的凹凸有致，偏偏皮膚啞黃，粗糙得猶如四、五十歲的阿姨，我搖搖頭，徐徐呼出了一口煙圈。

「我能不能也抽一根？」女孩看着我手中的香煙，眼神帶着渴求。

我把煙盒遞上，女孩純熟地抽出一根，含在嘴中點了火，手勢熟練得猶如十數年的老煙槍。

「你叫什麼名字？」

「……張子玲。」

我摸出了好不容易長了點肉的錢包，從中抽出了兩張千元大鈔遞給子玲：「跟我說說你的故事，我要聽你真正的故事，我在華哥身邊待久了，只要你說謊我一定能聽得出來。」

這種女孩不是見多了嗎？為什麼特別對眼前這個有所關顧？

我也答不出所以然。

唯一勉強能解釋的，大概便是我從她的眼神深處，隱約看到一些什麼。

子玲細心地把兩張金色千元鈔票對摺兩次，然後塞進牛仔熱褲的口袋中。

「你想知道關於我的什麼事情？」她半躺在我身邊，夾着香煙的兩指在牀邊垂下，抬起頭，用水汪汪的大眼睛看着我。

「全部。」我又抽了一口煙，淡淡地說：「就由你家庭開始說起吧。」

「家？」子玲恍如觸電的挺直了身子，隨即放鬆似的繼續換回半躺的姿勢，臉上掛着一個不屑的笑容：「我家有爸爸，有媽媽，有個弟弟，住公屋，很窮，錢都花在弟弟身上，我是沒出息的那個，所以被趕走了，好久沒回去，也沒打算回去。」

我看着她熟練的抽煙姿態，續問：「是誰教你抽煙的？」

「住我家隔離的辛尼哥哥。」

「你當年幾歲？」

「十歲。」

我不意外，對於那種問題家庭來說，年輕的女孩子就像是迷失在路邊的羔羊，引來獵食者出手是早晚的事，她只不過比其他人來得早。

我深深地抽了口煙，隨口問道：「那你後來是怎麼沾上毒品的？」

子玲霍地睜大眼看着我，一副被揭穿了但想否認的樣子，我語氣堅定地說：「我在華哥身邊待久了，有吸毒跟沒吸毒的人，我分得出來。」

子玲垂下頭，不說話。

「是誰給你試第一次的？也是辛尼哥哥？」

子玲身體僵直了良久，然後用最細微的幅度點了點頭。

我心中有底：「又是他？那當年你幾歲？」

「……十四。」

子玲把香煙擱在一旁，雙手的手指不住互相絞動。

我把一切看在眼裏：「說詳細點，別忘了你收了我二千元。」

「……那天我跟父母又吵架了，很不開心，於是去找辛尼哥哥討煙……結果辛尼哥哥掏出了幾顆藥丸問我有沒有興趣嘗試，還說吃一次不會上癮的……於是我就吃了，整個人都輕飄飄的，好快樂好放鬆……」

我沒說話，靜靜地望着她那扭得指骨發白的雙手。

我臉無表情：「然後呢？」

子玲的語調一瞬間變得冰冷：「然後辛尼哥哥就教我虛報年齡去當『陪酒妹』，賺了錢就交給他去買貨。但是有一天，他不見了，他突然不見了！」

子玲抱着膝蓋，緊緊的蜷曲着身體：「他就這樣不見了！丟下我一個人，不見了！那我要怎麼辦？我會害怕啊！我不知道找誰去買貨啊！他怎麼可以丟下我一個人？怎麼可以？嗚嗚嗚嗚……」

她發出了悽厲的悲鳴。

這邊廂我的理智與常識非常盡責地警告着我——別相信這種老掉牙的故事，不要動同情心——但那一邊廂我的雙手卻已經把她輕擁入懷，任由熾熱的淚水把我的胸膛染成一片濕潤。

這是一朵不幸地落在污泥上的花，儘管如此，她仍然頑強地生長着。

我竟想幫她。

一星期後，我帶子玲到一間樓上咖啡店。

「湯少，這就是你跟我提起的那個女孩？」

依琳像往常一樣，化着煙熏眼大濃妝、穿着皮革窩釘背心、貼身黑色長皮褲，一臉「生人勿近」的樣子。

她托着腮幫子，斜睨着我身旁的子玲。

子玲挺起胸脯，毫無怯意的迎着依琳打量的目光。

「湯少，口味轉變了不少啊，什麼時候喜歡上這種反叛期的幼女了？」依琳眼珠一轉，鋒利的視線直向我插來。

我踏前半步，稍稍隔開了雙方的視線，嘗試減低空氣中的火藥味：「依琳，我只能拜託你了。」

依琳嘴角一撇，抓了抓染成薰衣草色的短髮，好不容易才開腔：「喂，你叫什麼名字？」

子玲望向我。

我右手輕扶着子玲的後背，鼓勵性的給她點點頭。

子玲回首，向着依琳説：「我叫張子玲。」

「這兒日間是咖啡店，晚上是酒吧，你只負責日間咖啡店的工作便可，晚上自有其他人跟你交接，一星期上班六天，九千塊一個月，包三餐，店子後面有房間可讓你暫住，有沒有問題？」依琳指了指店子後方，「湯少，你帶她進去吧。」

我微微頷首，把子玲領到後面的房間，在房間的一角放下她的行李，轉身向着子玲道：「阿玲，你先在這兒工作一段時間吧！存點錢再看看要不要租房子。依琳是我的好朋友，有什麼事你都可以找她幫忙，明白嗎？」

子玲乖巧地點了點頭。

「還有，我們約定了，你不會再找那些人，不會再碰毒品，對吧？」

子玲再一次堅定地點了點頭。

我微笑着拍拍她的頭：「那你現在先好好休息，明天第一天上班，別睡過頭了。」

當我正要走出房間之際，一雙纖幼的手臂突然從後環住我的腰，我感覺到子玲柔軟的胸脯緊貼着我的後腰，脊上都是她溫熱的氣息。

我不安地稍稍扭動着身體，我可不是什麼柳下惠，但此刻要我向這小女孩出手，我卻是辦不到。

「你還會來看我嗎？」子玲的聲音中透着絲絲不安。

「我有空便會上來喝咖啡。」我溫和地答道。

「你答應？」

「我答應！」

「好，那我也答應你，只要你不食言，我也不食言！」

我輕輕掙脫了她雙臂的桎梏，回首望向子玲那張沒有化妝的臉孔，粗糙的皮膚與深深的黑眼圈是有點煞風景，但卻掩不住她深邃的五官，尤其水靈的大眼睛，她的眼睛會說話。

我雙手輕輕捧住她微紅的臉龐：「一言為定。」

安頓好子玲之後，我瞞着她私下找華哥，把她欠的錢都還清了。

「湯仔，那種『掏頭妹』偶爾玩玩可以，但你不會打算玩真的吧？」華哥語重心長地勸我，「這種妞我見多了，早晚還是會再回來我這兒的。」

我笑着說：「華哥，如果她真的回來，就當我被女人騙好了，這年頭，哪個男人沒被女人騙過呢？」

華哥一愣，然後哈哈大笑的在我肩頭重重拍了幾下：「有意思！湯仔，你真的愈來愈有意思！我欣賞！」

擺平了華哥那邊後，我到了依琳的店子，子玲已經在這上了一星期的班了。

甫踏進店子，子玲便眼睛一亮，急步撲進我的懷中：「你終於來了！整整一星期，你去哪兒了？怎麼都不看也不回我的訊息？」

這時我才想起之前把子玲的電話號碼封鎖掉了，連忙掏出電話解除封鎖，然後裝作若無其事的說道：「我電話壞了一星期送修了，現在剛修好，抱歉沒看到你的訊息呢。」

依琳不識時務地乾咳了幾聲。

子玲依依不捨地從我懷中離開，拉着我的手臂，走到窗邊的座位坐下：「你要喝什麼？」

「雙份特濃咖啡配冰水，對吧？」依琳懶洋洋的説道，手中沖調的動作卻非常明快。

「最了解我口味的人莫過於依琳了。」我賴着臉皮笑嘻嘻的討好着。

依琳瞪了我一眼，又再瞄了一眼站在我身邊的子玲，意有所指地説：「不，湯少，其實我還真的搞不懂你的口味。」

我打了個「哈哈」圓場：「正如你永遠搞不懂我為什麼要每喝一口特濃咖啡就配一口冰水，對吧？」

依琳把咖啡和冰水準備好，示意子玲來取：「對，我完全不明白這樣喝有什麼好喝的，浪費我的咖啡。」

「味道是很私人的感覺。」我端起了子玲剛放下的咖啡杯，濃郁的香氣立即撲鼻而來，「喜歡就喜歡，沒有原因。」

我發現，依琳的咖啡變好喝了，害我三不五時便上她的店子喝一杯。

每次進店，她新聘請的侍應子玲都會給我一個熱情的擁抱，和熱切的招待。

「阿傑，這是你的雙份特濃咖啡配冰水，另加黑巧克力。」子玲笑嘻嘻的把東西端到我面前放下。

「黑巧克力？」我愕然地望着桌面，又不解地望向依琳，眉頭揚了一揚。

依琳跟我是老朋友了，她應該知道我討厭巧克力。

依琳聳聳肩，示意與她無關，視線飄到子玲身上：「有個白癡在網上看那些咖啡專家的影片，說到某法國品牌的黑巧克力配我這種巴西咖啡豆，在味道上會有相得益彰的效果，於是瞞着我偷偷在網上訂購了一箱回來，還空運！我也不知道這幾片破東西要收你多少錢才能回本！」

子玲昂首向着依琳道：「我不就說過在我的薪水中扣除嗎？這幾片巧克力你不能收阿傑的錢！」

依琳嘴角掛着一絲嘲諷的笑容：「好好好，這些巧克力我不收錢，湯少你快嚐嚐看吧！」

看着依琳那幸災樂禍的表情，我就知道，她絕對是故意不把我討厭巧克力的事情告訴子玲的，目的便是要看看我到底會吃不吃。

迎着子玲熱切期盼的目光，我舉杯緩緩呷了一口咖啡，再咬了一小口黑巧克力。

特濃咖啡的苦中和了黑巧克力的澀，恍若奇蹟般的彼此抵消，喉嚨深處餘下可可的甜味與咖啡淡淡的回甘。

「味道……還好嗎？」子玲側着頭睜着大大的眼睛看着我。

「有點……甜。」我喝了一口冰水，無視依琳臉上那「活該」的表情，微笑着向子玲道謝：「我還是第一次嚐到這麼特別的味道呢！這些巧克力很貴吧？我來付錢好了，依琳，那箱巧克力合共多少錢？」

我掏出最近有點營養不良的錢包，冷不防子玲一手把我的錢包按了回去。

「這是我自己決定要請你吃的，你不用付錢！」子玲的眼神流露出些許委屈，但更多的是倔強。

我輕歎了一口氣，伸手捏了捏她尖尖的下巴：「你的錢要留來獨立生活的，不能亂花，懂嗎？」

淚水迅即盈滿了子玲的眼眶，她用弱不可聞的聲線，顫抖着問我：「是不是當我可以獨立生活的時候，你就會離開不再理我了？」

猶像一朵在風雨中飄零的孤花。

我又歎了一口氣。

依琳一邊搖頭，一邊走到店子後方的房間，關上了門。

我站了起來，正視着子玲那雙訴說着悲戚與不安的大眼睛。

我雙手輕輕環着她的腰，用鼻尖幾近相貼的距離柔聲道：「子玲，我答應你，我不會離開你。」

直到你找到懂得珍惜你的人為止。

這句話，我最終沒有說出口。

幾天後，依琳特意約我到另一間酒吧聊天。

酒吧內播着鋼琴與小提琴的二重奏，每桌的客人都放輕了聲音在喃喃細語，是一個氣氛柔和，適合聊天的好地方。

「小姐，這是你的 Pina Colada。」

「先生，這是你的威士忌加冰。」

侍應放下飲料離開後，依琳拿起酒杯，透過杯中鵝黃色的液體盯着我的臉：「為湯少花式自殺成功乾杯！」

我輕輕晃了晃手中的玻璃杯，呷了一口茶褐色的威士忌：「我不明白你的意思。」

依琳翻了個白眼：「湯少，你可是有未婚妻的，明年就結婚了，在這個重要關頭，你卻跑去拈這麼一朵爛桃花，不是花式自殺是什麼？」

我把杯子重重地往桌上一放：「你是我的朋友，子玲也是我的朋友，我不希望你侮辱她。」

依琳冷笑：「朋友？」

我喝了幾口悶酒，沒説話。

依琳換了一個放鬆的姿勢靠在沙發上，拿起酒杯，閉上眼睛靜靜地聽着音樂。

良久，她倏地睜開眼睛，突兀地説了一句：「子玲很努力。」

我望向她，揚了揚眉。

「她從一開始每兩天便要把自己關在房間一整天，到現在一星期才把自己關在房間一次，她一聲不吭的獨自一人堅持着，一次悲鳴都沒有，一次動搖都沒有。」

我寬心的笑了：「那不是很好嗎？她真是一個堅強的人。」

依琳搖了搖頭，「我也是女人，我明白她能夠堅持的原因。」

「愈是能夠支持着她堅持下去的希望，換過來説，也是能把她推向沉淪深淵的絕望。」

依琳若有深意的直視着我：「湯少，我怕你最終會毀了子玲。」

依琳是我最好的朋友，也是我認識的人當中見識最廣的人，我無法坐視不管她的意見。

我想成為子玲堅強獨立的精神支柱，但我可不想成為她依賴的另一種毒品。

於是，我開始不怎麼出現在依琳的咖啡室，也減少了回覆子玲的訊息，盡可能把生活重心都放在工作和籌備婚禮上。

某一天，我收到了依琳的電話。

「子玲不見了？」

「她已經一星期沒回來了。」依琳的語氣很淡，彷彿一切都在她預計之中。

「那你怎麼不早些告訴我？」我氣得直跺腳，「我要去找她！」

「湯少，」依琳的語氣很嚴肅，「如果你一不在她身邊，她便會自我沉淪的話，就算讓你找到她又怎樣？你能陪在她身邊一輩子嗎？」

我腦子亂得像漿糊，壓根兒聽不進依琳的話：「我現在上來找你！」

我跳上計程車，吩咐司機用最快的速度趕往依琳的咖啡店，抵達時依琳剛好把牆上咖啡店的菜單換成酒吧的菜單。

「你知不知道她可能會去哪裏？」我着急地拉住依琳的手臂問。

依琳微微搖了搖頭，眼神望向店子後方的房間：「你可以進去找找有沒有線索，她失蹤前三天，一直都把自己關在房間裏。你慢慢找，我要開店了。」

我鬆開了依琳的臂膀，走進子玲的房間。

那是一個完全沒有生氣的房間。

在我認知中，子玲一直都是一個很倔強、很堅強的女孩子，偶爾會因為缺乏安全感而有點自卑，但是大抵來說，她還是一個充滿青春氣息的少女，臉上的笑容總是那麼陽光燦爛。

但是……這房間？

灰白的牆上沒有任何裝飾，狹窄的空間內，只有最簡樸的家具和牀具，除了掛在衣架上那些子玲的衣服，略帶色彩外，房間內其他東西都是一律的黑白灰色。

我感覺不到絲毫的溫度。

整個房間內，唯一的裝飾來自於睡牀旁的一個相架，裏面鑲着兩個用千元鈔票摺成的心。

眼前彷彿浮現子玲在牀上痛苦翻滾時，雙手緊握相架的模樣，我的眼眶瞬間濕了。

這時電話響起，我立即收起情緒，擦了一下眼睛：「喂？」

電話傳來了華哥懶洋洋的聲音：「湯仔，我只會說一次，那條妞現在在我的主場，要走要留，想好了才過來。」

語畢，華哥立即掛了線。

我望向牀邊的相架。

沒考慮多久便動手把它拆了，然後領着兩顆金色的心，衝出依琳的酒吧，直奔往華哥的主場。

無論要走要留，我還是想再見你一面，子玲！

當我上氣不接下氣地趕到華哥的主場時，只見華哥的手下阿囂攔住了我：「那妞兒跟着阿偉去拿貨了，你去公園那邊吧。」

我向阿囂道了聲謝，便急步往公園走去。

愈接近公園，愈覺得自己不對勁。

奇怪？我的身體有這麼差嗎？怎麼漸漸喘不過氣來？難道我的心臟有問題？不然胸口怎麼悶得發痛？是不是有點缺氧的緣故？為什麼我的步伐會一步比一步沉重？

我突然想轉身就逃。

「湯少，你怎麼來了？」

我聞聲回首，瘦了兩個圈的子玲就站在那裏。

比起我第一次見她時，她化了更濃抹的妝，穿着一件幼肩帶的紅色連身短裙，活像是一朵綻放在黑夜中的火玫瑰。

她的髮型和衣衫略見凌亂，在公園昏黃的燈光下，我沒漏地看到她臂彎處瘀黑的針孔痕。

「湯少？……啊！好痛！」

我衝上前捉着子玲的手臂一扭，她吃痛地叫了一聲，在月色和街燈的雙重映照下，臂彎處的針孔痕更是清晰可見。

「……為什麼？」我好不容易從牙縫間迸出這三個字。

子玲縮回手，一臉漠然的看着我：「不為什麼。」

「你不是千辛萬苦才戒掉的嗎？為什麼——！」

子玲聳聳肩，神情很平靜：「因為再也沒有要戒的理由。」

「怎麼沒有！就算是為了你自己的將來，你也應該把這東西戒掉啊！」

「將來？」子玲嘴角牽起一個嘲諷的弧度：「我連自己明天會變成怎樣都不知道，你跟我談將來？」

我語塞，好不容易才從喉嚨深處扯出一句：「……我們先回依琳那兒好不好？」

「我不會再回依琳姐那兒了，請代我向她辭職，我房間內的東西全都不要了，請她幫我全部丟掉。」子玲的語氣很是堅決。

我一征，雙手握成拳頭緊緊捏着，未幾緩緩從褲子口袋裏掏出那兩顆用千元鈔票摺成的心，在子玲面前攤開：「連這個都不要了嗎？」

子玲垂眼一望，霍地抬起了頭，眼神閃爍不定：「你進過我的房間？」

我點了點頭。

子玲沒說話，大大的眼睛目不轉睛地盯着我捧在手上的心，眼神中夾雜着各種複雜的情緒。

我把兩顆心遞到她面前，柔聲地道：「子玲，跟我一起回到依琳的咖啡店吧，好嗎？」

子玲看着我手心中的兩顆心，沉默着。良久，她毅然把我的手推開：「免了，這二千塊便當作是我送給湯少的新婚賀禮吧！」

說這句話時，子玲臉上雖然掛着笑，但眸色是冰冷的。

我踉踉地後退了一步。

她知道了。

晚秋的月夜，我站在午夜的公園，面對着一雙比冰還冷的眼睛。

我的心好寒。

她的眼眸中早已沒有了愛，也沒有了恨，有的只是深沉的絕望，與堅定的自我毀滅。

「……是誰告訴你的？」

「重要嗎？到底這消息是不是真的才重要吧？」

夜風掠過，把子玲的長髮捲向天空。

我緩緩地點了點頭：「是真的。」

她吁了一口氣。

「你愛她嗎？」

子玲問，語調中竟滲了一絲溫柔。

我沒有迴避子玲那帶着打量意味的眼神：「大概，愛吧。」

「她愛你嗎？」

「愛吧……大概。」

「比我還愛你嗎？」

我沉默了半晌，答道：「這不是能兩相比較的東西。」

「所以，我會輸，其實是因為你不愛我。」

子玲恍然的點了點頭，回復了當初認識時那種「職業化」的笑容：「搞明白了就好……」

她轉身就走。

「子玲！」我急步上前伸手想拉住她。

就在我的手快要碰到她手臂的時候，背向我的她彷彿看穿我動作似的，輕聲問了一句：「你，愛我嗎？」

我的手僵在半空。

死寂迅速在我倆之間蔓延，滿月的光穿不透我與她之間那半步的距離；四周只剩下夜風的呼嘯，穿着幼肩帶短裙的子玲，冷得身體微微顫抖。

「愛我，才拉住我。」

我僵在半空的手，緩緩地垂下。

「我就知道你不會拉住我。」子玲嘴角裝着笑意，突然轉身看着我，眼中溫柔如水：「可是湯少，遇上你仍然是我這輩子最幸福的事。」

我看着她，默不作聲。

「我本來就是活在那個世界的人，就算不被你摧毀，也會教他人浪費。」子玲笑得很甜很甜，虛假的甜：「我很慶幸，毀掉我的人是你。」

「阿傑，我愛你，嘻……」

她丟下這句話，以及我見過最虛偽而甜美的笑容，便毫不猶豫的步向黑暗。

黑夜仿似猛獸張開了血盆大口，等待着把眼前的火玫瑰吞噬進去。

我有預感，是夜一別，她將會凋零於沉淪之淵。

倏地，有什麼驅使着我衝前抓住了子玲的手臂。

「我剛不是說了……」

「子玲，你懂得什麼是愛嗎？」

子玲一怔，瞬即有點惱怒，然後神色又變得冰冷：「我怎麼不懂得愛了？」

「你說你愛我，可是，你真的懂得什麼是愛嗎？」

子玲冷冷地說：「我曾經願意為你付出一切，願意為你改變自己的人生，難道這也不叫愛嗎？」

「可是，你不愛你自己。」我把子玲拉到面前，俯視着她那冰冷的雙眸：「一個連自己都不愛的人，她的愛情又有多少價值？」

剎那間，兩顆晶瑩的淚珠從子玲的眼角溢出，沿着臉龐滑下。

「愛自己？」子玲向我悽然一笑，「一個從來沒有被他人所愛的人，一個從來沒有感受過『被愛』的人，你叫我怎麼愛自己？」

「所以，從來沒有感受過愛的你，又怎麼能肯定你對我所做的一切就是『愛』？」

子玲茫然地看着我的眼睛，未幾，她的眼神深處泛起了一陣的倔強和委屈：「對，我不自愛，我不知道什麼是愛，我的愛情沒有價值，所以湯少你選擇了跟一個更有價值的女生結婚，這不是很理所當然的嗎？」

我舉起拉着她的手：「你剛剛說，愛你，才拉住你。」

子玲一臉動搖：「你這是……」

「但，愛一個人，不是要佔有她，而是希望她能活得更好！」

子玲昂首仰望着我，眼中的堅冰一點一滴的融化着，化為灌溉腳下草地的甘霖。

她沒說話，只是默默地拿走了我手中那兩個千元紙鈔摺成的心。

我也沒說話，只是鬆開了拉住她的手。

然後，這朵在沉淪深淵中誕生的火玫瑰，就這樣盛放着她的花葉，昂然步向未知的黑暗。

夜色溫柔地接納了她。

她就這樣走了。

從我的生命中，離開了。

一年後，在我的婚禮上，來了個不速之客。

「依琳？」

一頭銀灰色短髮作重金屬搖滾打扮的依琳，在婚宴中異常突出，不少長輩看着她竊竊私語，連我身邊的潔兒都忍不住皺起了眉頭：「阿傑，你的朋友？」

我急忙向其他人賠笑，然後快步把依琳拉到兄弟的休息室中。

「我不是叫你穿正常一點來的嗎？潔兒和她的爸媽都是老師，接受不了你這麼前衛的打扮的！」

依琳翻了個白眼：「我今天是來祝賀你湯少結婚的，又不是來賀那個什麼潔兒結婚的，她怎麼看我，我要管？」

我氣得說不出半句話，太陽穴隱隱生痛，我怎麼竟然忘了，依琳的自我中心的是超越世規常理的——雖然這也是我欣賞她的地方。

「湯少，放心吧，我放下賀禮就走，我對這種庸俗的場面會過敏。」依琳把一個粉紅色的信封遞到我手上。

我一邊打開，一邊隨口道：「你這麼有錢，就算不喝這頓，禮金也不能給太少……這是……？」

很眼熟，是兩顆用千元紙鈔摺成的心。

流星的願望

市民由今天開始，可以觀賞到一年一度的雙子座流星雨，天文台預測本年度雙子座流星雨的高峰期為本月十五日凌晨，預計雙子座將於大約二時三十分到達天頂，市民可前往……

阿仁關上電視，悶悶不樂地走進了自己的房間。

他的房間不大，空間僅僅足夠擺放一張雙層牀和一個嵌牆式衣櫥；雙層牀的下層被改裝成書桌，擺放了一部電腦和一個小書架；雙層牀的上層就是他睡覺的地方。

阿仁熟練地攀上牀，雙手靠在腦後的躺着，雙眼毫無焦點的盯着房間那泛黃的天花板，不滿地呶着嘴。

剛剛吃晚飯的時候，他跟父母提出想去看雙子座流星雨，被父母二話不說的否決了。

「你知不知道中三正是學業的重要關頭？你明不明白考試成績會影響中四能選讀的科目？你有時間去看流星雨，倒不如給我多唸幾遍書！」

阿仁倒是覺得，看雙子座流星雨比唸書重要得多了。學校的線性方程式、週期元素表、唐宋元明清等等，對他來說不過是一堆毫無意義的符號，但他對天上的每一顆星都瞭如指掌——天琴座、英仙座、雙子座……

正當阿仁迷迷糊糊快要睡着的時候，突然窗邊傳來一聲巨響，伴隨着玻璃的破裂聲。

他嚇得睡意全無，霍然坐直了身子，扭頭望向窗邊。

一顆散發着淡黃光暈的綠金色石頭正躺在他房間的地板上。

「發生什麼事了？這是什麼東西？」阿仁抱着滿腹疑問攀下牀，小心翼翼地接近那發光的不明物體。

冷不防那顆發光的石頭突然浮在半空中，把阿仁嚇得倒退至房間的角落躲着，還順手抓了厚重的書包放在身前掩護自己。

「幸……幸運的人啊……許下你的……你的三個願望吧？」

阿仁躲在房間的角落瑟瑟發抖，沒有回答。

石頭的光稍稍黯淡了一點，彷彿阿仁的反應使它很迷惑：「幸運的人啊……因何而懼？」

「一顆石頭會飛會說話，誰會不害怕啊！」阿仁乾涸的喉嚨好不容易發出了嘶啞的吶喊。

「原來如此……那麼……」石頭身上的光倏地變得更亮，耀眼得無法直視，阿仁刺痛得趕緊閉上眼睛。

當他再次睜開眼睛時，一個有着小孩身影的黃色光團正站在房間的正中央「看」着他。

由於光團沒有五官，阿仁也不太肯定他是不是在「看」自己，但他是面向着自己這點總是沒錯的。

「你是什麼……東西？」

小孩發出清脆稚氣的笑聲：「我？我就是流星啊！來，許下你的三個願望吧！」

「你是……流星？那你怎麼……到我家來了？」

流星的光芒又變得有點黯淡：「這個……在很低很低很低的機率下，降落失誤這種事情也有可能發生的……」

「降落失誤？」可能是流星略微軟弱的話調，使阿仁渾然忘了懼怕，他走近窗邊看着滿地碎玻璃：「降落失誤所以打破我家的玻璃窗？我不管，你快修好它，不然我會捱罵！」

流星高興地湊近到阿仁身邊：「沒問題！這就是你第一個願望嗎？」

「不是！」阿仁斬釘截鐵地說，「這是你打破的玻璃，你當然要負責修好！難道大名鼎鼎的流星連區區玻璃窗都修不好？」

流星全身光芒大盛：「當然修得好！」

一度閃光掠過，窗戶和玻璃都已回復原狀。

阿仁盯着完好無缺的玻璃窗，嘴巴張得老大，久久不能合上。

雖然看不清楚五官，但阿仁彷彿感覺到，流星自豪地笑了。

每個向流星許願的人，都在心中期待着願望能夠實現；偏偏現在有整顆流星豎立在阿仁面前，還保證能實現他三個願望，阿仁卻躊躇不前。

「來嘛來嘛！阿仁，你快許下三個願望嘛！」小孩模樣的流星整晚拉着阿仁的袖子，不斷催促着。

「好啦好啦！我希望……心想事成！」

流星直搖頭：「辦不到。」

「為什麼？流星不是會實現所有願望的嗎？」

流星側着頭，嘗試解釋：「我們實現願望的範圍……不能超越因果律。」

「因果律？那是什麼？」

「物有本末，事有終結，世間上一切事物皆有因果。果由因生，就像我錯誤降落在你房間的『因』，就種出了你必定能夠實現三個願望的『果』，但也只能是三個，如果實現你那種『心想事成』的願望，就是超越了『三個』的限制，追本溯源，若其因緣不足以生此果，那就會帶來因果破滅，因果雙方皆會被因果律所抹消。」

阿仁露出一臉「你在講哪國語言」的表情。

流星身上的光芒高速流竄，像是在高速思考着：「嗯……打個比方，如果你許下願望說，希望下次考試考第一，那就是一個願望；如果你許下願望說，希望以後每次考試都考第一，那便是你此生往後考試數量的願望，明白嗎？」

阿仁點點頭，陷入了沉思。

「你明白便好，來，趕緊許下三個願望吧！」流星催促着。

阿仁雙手交叉抱在胸前沉思着，良久，終於開腔。

「所以，我可以許下願望說，我要在一個特定的比賽中贏得冠軍？無論這個比賽競爭有多激烈？脫穎而出有多困難？」

流星用力點了點頭：「阿仁，那你想在哪個比賽贏得冠軍？」

阿仁臉上浮現了一絲不易察覺的微紅。

每個校園中，都總會有這麼一個人的存在。

她總是有着一把長長的、烏青黑亮的秀髮；比同齡人標致突出的五官，大大的眼睛；

高挑修長、玲瓏有致的身型；優秀的成績、親切的個性，以及出眾的才能。

就像天琴座中最璀燦奪目的那顆織女星。

「流星，我希望……」阿仁靠着學校二樓的欄杆望向操場，她正在跟舞蹈學會的同學按着音樂的節拍苦練着舞步，還邊唱邊跳。

「……我希望她可以拿到全球青年歌唱比賽的冠軍！」

在光天化日之下，顯得半透明的流星伸長了脖子，看了看操場，再看了看阿仁：「現在她才剛通過了地區初選哦！她得先奪下地區代表的資格，方可代表地區到外國參賽，然後她要擊敗來自世界各地的對手，才能問鼎冠軍寶座啊！」

阿仁望向流星：「這是我第一個願望。」

流星全身光芒大盛：「你確定嗎？」

「我確定。」

光芒一閃，阿仁閉上眼睛，嘴角不着痕跡的露出一抹笑意。

「那麼你第二個願望是什麼？是希望可以跟她在一起嗎？」流星剛剛好像消耗了不少能量，感覺上好像小了半個碼。

「不，這樣就夠了。」阿仁繼續望着操場的她，「她是舞台上的人，我只是台下的其中一位觀眾。」

流星的語氣流露出一絲迷惑：「可是，你為她用掉了一個願望耶！」

阿仁轉身踏步離開：「我本來就是喜歡聽她唱歌而已，織女星再亮再璀燦，我也不必把她從天上摘下來掛在自己家中啊。」

流星看着阿仁漸漸遠去的背影，身上的光芒閃爍變幻不定。

隨着雙子座流星雨的天頂愈來愈接近，待在阿仁家中的流星也開始焦急起來。

「阿仁，快點許下餘下的兩個願望嘛！」小孩模樣的流星繞着阿仁一直轉，阿仁身上衣物能拉扯的部分都被他拉了一遍。

「我不正在想第二個願望嗎？」晚飯後的溫習時間，阿仁坐在書桌前攤開了課本，卻多虧了流星，一直沒法好好溫習。

「對了，流星，有件事情我一直都想問你。」

本來正在阿仁的牀上一邊吵着一邊跳彈牀的流星陡地停下，把頭伸出牀邊：「什麼事？」

「實現我的三個願望後，你會回到天上嗎？還是，會去其他地方？」

流星光芒一黯，沒說話。

阿仁心頭一緊：「你說話呀！」

「殞落的星星，是不允許重回天上的，我們只能在土地上飛散消亡……正因為如此！我希望自己能在消散前，幫你實現三個願望，完成流星的使命！」

阿仁怔怔地仰望着流星，心中閃過了一個想法。

「流星，你能不能使死者復活？」

流星搖了搖頭：「使亡者重生是違反因果律的，因為『事待理成』。萬物皆需遵從必然的理則，生必有死、聚必有散、合必有離、成必有壞，理則是絕對的，不可忤逆。」

阿仁用一個「你很明白我其實沒聽懂吧」的表情望着流星。

流星好像歎了一口氣，嘗試解釋：「死亡是一種已存在的結果，已發生的歷史只能有一個，但未發生的將來，則存在無限的可能性。所以願望可以改變你的將來，卻沒法、也不能影響到任何人的過去，明白了嗎？」

阿仁抓了抓頭髮，嘗試組織腦海中的想法：「那……如果不是以復活的形式呢……如果換另一種形式……能不能使我跟死去的人見上一面？」

「另一種形式？」

香港十二月中旬的夜空是很清澈靜謐的，萬里無雲，唯有星月。

阿仁抬頭看着夜空，下弦月的光芒蓋不住雙子座流星雨的璀燦，它們在漆黑的畫布上肆意畫下不規則的光影；跟從着聽不見的音樂而打着炫目的節拍；燃燒畢生儲藏的力量去發光發亮，留下最美的一刻。

「仁仔？」

阿仁身體一顫，緩慢地回過頭來，一個年約六十多歲、兩鬢花白、有着記憶中那祥和眼神的伯伯正平靜地對着他微笑。

「爺爺……」阿仁眼眶一紅，淚水模糊了視線。

「仁仔，好久不見了。」爺爺緩緩走到阿仁跟前，慈愛地摸了摸他的頭：「你長高了。」

阿仁快速擦了一下眼睛，臉上展現了一個稚氣的笑容：「爺爺，我一直希望能夠再次跟你一起看星星。」

爺爺點點頭，在廣闊無垠的草地上盤腿坐下，阿仁也靠在他身旁坐下，兩人一起抬頭望着星空。

雙子座流星雨的躍動也彷彿輕柔起來。

「記得你小時候，我們常常瞞着你母親，半夜偷偷溜出去看星星。」爺爺懷念地説着，輕輕地再摸了摸阿仁的頭：「我走了多久了？嫲嫲身體還好嗎？你還有沒有半夜偷溜出去看星？」

阿仁望着爺爺，説不出半句話。

要怎麼跟爺爺説，他離世不過三年，爸爸媽媽就把鄉郊的村屋賣了，把賣屋錢用來買了一間市區的小房子，還把嫲嫲送進了老人院。

「我們……搬家了，新家看不到星星。」

爺爺眉頭一揚：「搬家了？」

「媽媽説……市區比較方便上班和上學，所以我們就搬家了。」

爺爺點點頭：「也有道理，可是，嫲嫲習慣市區的生活嗎？」

阿仁低着頭沒説話。

爺爺彷彿感覺到什麼：「嫲嫲現在沒跟你們一起住嗎？她到哪兒去了？」

「……老人院。」阿仁的聲音放得很輕很輕，帶着一絲內疚。

爺爺閉上眼睛深深的倒吸了一口氣，未幾又睜開眼睛望着阿仁：「仁仔，爺爺能求你一件事嗎？」

阿仁點點頭，沒說話。

爺爺的語調很緩慢：「讓我跟嫲嫲見一面。」

阿仁露出為難的樣子。

「仁仔，雖然我不知道你是怎樣辦到的，但既然你有能力使我們再一次見面，那你能不能用這份力量使我跟嫲嫲見一面呢？」

阿仁看了看爺爺，又抬頭看了看星空，突然向着空曠的夜空大喊：「流星！」

一個泛着淡黃光芒的小孩身影立即在阿仁身邊閃現。

「阿仁，怎麼了？」

「我要許下第三個願望，第三個願望是……」

「等一等。」流星阻止了阿仁說下去，「阿仁，你第二個願望是希望在夢中再一次跟爺爺一起看星星吧？」

阿仁點點頭。

「所以，這是你的夢境啊，既然是你的夢境，那你想誰出現都可以啊！」流星語氣中流露着淡淡的笑意。

阿仁瞪大了眼睛：「流星，你……」

「仁仔，這位是……」

流星全身發出耀眼的光芒，打斷了他們的話。

頃刻過後，一個坐在輪椅上顫巍巍的老婆婆出現在他們面前。

「阿……阿娟？」

老婆婆聞聲抬頭，空洞的眼神一時找不到焦點。

爺爺急步上前輕輕抱着嫲嫲的雙肩：「阿娟！是我啊！阿和啊！」

嫲嫲的目光漸漸聚焦在爺爺的臉上，本來就在發顫的身體，瞬間抖得更厲害。

「阿……阿和？我……我終於可以來陪你了……」

爺爺把嫲嫲緊緊抱在懷中，哽咽着：「阿娟……是我不好，拋下你一個人……是我不好……」

嫲嫲輕撫着爺爺的背，溫柔地安慰着他：「都過去了……阿和……都過去了……」

阿仁看着眼前一幕，鼻子發酸，不能言語。

小了一號的流星不知何時來到他的身邊，指着夜空用天真的小孩嗓音說道：「雖然短暫，但很美麗，不就夠了嗎？」

阿仁望着流星雨下緊緊相擁的身影，良久，只說出一句話。

「流星，謝謝你。」

翌日，阿仁主動提出要到老人院探望嫲嫲。

當媽媽還面露猶豫之色時，爸爸難得地一口答應了。

星期天，阿仁和父母拿着剛買的水果和日用品走進老人院。

嫲嫲比之前精神了不少，可以獨力行走，再不用坐輪椅了。嫲嫲跟爸爸說，她不想繼續住老人院了，決定回鄉終老。她已經聯絡了鄉下的親戚打點一切，希望爸爸能送她回鄉。

爸爸有點愕然：「媽，鄉下那麼遠，若然你回鄉後，我們要來探望你的話，不容易啊……」

「那就別來探望我好了。」嫲嫲微笑着說，「就讓我靜靜地在阿和的故鄉生活吧。」

爸爸好不容易答應了下來，離開老人院前，嫲嫲突然拉着阿仁的手，真摯地說：「仁仔，謝謝你。」

父母都一臉莫名其妙的樣子，唯獨阿仁心知肚明。

雙子座的流星雨已到尾聲，流星的狀態亦愈來愈不對勁。

流星已經無法維持着小孩的外貌了，只能變回一顆發出淡黃光芒的綠金色石頭，阿仁拿了一個巧克力禮盒墊了些毛巾，然後把流星放在盒內。

「你是不是生病了啊？」阿仁束手無策地把頭髮抓亂了一遍又一遍，總不成帶一顆石頭去看醫生吧？

「阿仁……雙子座流星雨快完結了……你快許下第三個願望吧……趁我還有僅剩的力量……」流星的光芒黯淡了不少。

「可是，當你實現我的第三個願望之後，你便會消失了吧？我不想你離開，我不要許下第三個願望！」

流星身上的光華瞬間柔和起來：「就算你不許願，當雙子座流星雨結束的時候，我也會變成一塊普通的石頭——與其這樣，我寧可化為劃破長空的一道光芒，為這個世界留下一個希望。」

阿仁看着流星，哭了。

「阿仁，別哭，雖然我只能活一場流星雨的時間，但跟你相處的這段日子，使我很快樂。你擁有一顆善良的心，沒把願望用在自私自利之上……我很慶幸，當初意外地降落在你的房間……」

阿仁把流星從盒子裏拿了出來，用雙手把它捧在掌心：「流星……」

「阿仁，快許下第三個願望吧！」

阿仁閉上了眼睛，傾聽着自己的心聲，到底，此刻他最想實現的願望是什麼？

「流星……」

「嗯？」

「我的第三個願望，便是希望你永遠留在我身邊，跟我做一輩子的朋友！」

流星的光芒倏地變得非常混亂。

「這是……因果悖論！」

「因果悖論？」

「如果我實現你的願望，那我便會消失；但若我從此消失，你的願望便沒有成真；既然沒有成真，那就不構成我消失的條件！」

「那就永遠留在我身邊，不要消失吧！這正是我第三個願望！」

一股夾雜着風雷的綠光，陡地纏繞着流星，阿仁手心吃痛，下意識的縮了手。流星被綠光拉扯得懸浮在半空中震顫着，像是掙扎着不要被綠光吞噬似的。

「流星！」

「阿仁，快逃！這是……因果律的反噬！」

流星一語未畢，便與綠光一起炸裂出皎若朗日的白光。

朦朧中，阿仁彷彿聽到一把變調的聲音說：「阿仁，如果我也能許下願望的話，我希望你永遠快樂……」

阿仁被這白晝般炫目的強光震懾得昏了過去。

奇蹟並沒有發生。

阿仁醒來的時候，禮盒內已失去流星的蹤影；任由他在房間中怎麼呼喚，那個淡黃色的人影也沒有出現；阿仁嘗試不斷許下各種各樣的「第三個願望」，但什麼事情都沒有發生。

一切恍如一場夢，隨着雙子座流星雨的結束而落幕的一場夢。

阿仁覺得自己大概是有些什麼東西不小心遺落在夢境中了，胸中有種莫名的空洞，就像是心中的拼圖，缺了正中央的那一片似的。

流星雨過去了。

聖誕節過去了。

嫲嫲如願的回鄉了。

舊的一年也過去了，新的一年來臨了。

在寒假結束後復課的第一天，阿仁的班主任領着一個爽朗短髮的女生步進課室。

「各位同學，今天為大家介紹一位新同學……」

阿仁沒有理會講桌上發生的事情，逕自托着腮仰視着窗外的天空。

「大家好！我叫劉星茹，大家可以叫我小茹。我最喜歡的科目是數學和物理、最喜歡的歌曲是 Starry Starry Night、最喜歡的活動是觀星，希望能夠跟各位同學做好朋友！」

阿仁驀地回神，望向講桌，一個長着圓臉大眼的女生正站在黑板前，臉上掛着如星光般絢爛的笑容。

「劉星茹同學，那你就坐在溫健仁同學的旁邊吧！」班主任指着全班唯一的空位，就在阿仁旁邊。

嬌小的劉星茹踏着輕快的腳步，像一顆流星般滑過同學們的桌椅，走到阿仁身旁坐下。

「溫健仁同學？希望你不介意多了我這個鄰座吧。」

「不……不介意。」阿仁結巴地說，「我也喜歡觀星。」他補充。

劉星茹笑了，那是一個把白晝的班房瞬間變成璀璨星空的燦爛笑容：「這麼巧？那我們一定能夠成為很好的朋友。」

阿仁的心跳瞬間漏了一拍，恍如一顆流星剛意外地降落在他的心中。

阿拉

我坐在菜館的收銀台後，瞇着眼，打量着門口來來往往的人們。

空氣中夾雜着從廚房傳來的味道，我仰起頭，深深吸了一口咕嚕雞球的香氣，伸了一個大大的懶腰，看來今天又是無聊的一天。

突然，可力從門口急步衝進來，身上還帶着傷。

「老大！老大！有麻煩了！」

我陡地嗅出了空氣中傳來血絲與危險的味道。

「可力，怎麼了？」

「隔壁街的妹頭帶着他的手下，正浩浩蕩蕩地闖進我們的地盤！」

我眉頭一揚：「妹頭？牠是嫌命長了嗎？」

「奶茶！」

我呼叫了一聲，沒多久我麾下最強的猛將便出現在我面前。

「奶茶，你剛往哪裏去了？今天沒巡邏嗎？你知不知道妹頭帶着手下闖進我們地盤了！」

奶茶一臉陰冷：「我剛剛有點事在忙……」牠伸手擦了擦嘴角的血，「我們這裏，有老鼠。」

我頓時緊張起來，瞳孔也縮小了：「有老鼠？那可是大問題，你處理掉沒有？」

奶茶嘴角勾起一個陰惻惻的笑容：「放心，老大，我保證沒人會找到牠的屍體。」

我點了點頭：「那就好……不過，我還是要你去把妹頭那夥不知死活的傢伙狠狠地打一頓！看看牠還敢不敢來搶地盤！」

奶茶終於擦淨了臉上的血：「領命，老大。」

牠豎着尾巴昂然地走出了餐廳。

可力一邊舔着身上的傷口一邊問：「老大，奶茶一個能打贏妹頭一整夥嗎？」

我悠然地搖了搖短短的尾巴，依然屹立在收銀台後處變不驚：「奶茶是我親自訓練出來的打架高手，在這條街道上，沒有牠打不贏的架。」

「阿拉、奶茶、可力！吃飯了！」

光頭老闆把一盤撕碎了的雞胸肉拌飯放在菜館門外，我立即從收銀台上跳下，踏着優雅的腳步走向餐桌。

「你看你看！那隻黑色的貓好漂亮！」

「對啊！身上的斑紋好漂亮！尾巴短短的好逗趣！最漂亮的是牠的四隻腳都是白色的！像是戴了白手套！好可愛！」

我已經習慣了每晚吃飯時，四周都會出現這些無聊的尖叫聲和讚歎聲，直接扭過頭無視他們走到餐桌旁，準備享用我的晚餐。

剛才那兩個煩死了的人類卻在我身邊蹲下來看着我吃飯，我皺着眉頭，自管吃自家的飯。

「白手套，你要吃飯了嗎？喜歡吃雞肉啊？真可愛……」其中一個不知死活的人類竟然伸手就想摸我！

「嘎！」電光石火之間。

「啊啊啊啊啊！」慘叫聲響起。

光頭老闆聞聲連忙從餐廳裏跑出來，看到那個笨蛋女生正捏着自己的右手，手背上有三道冒着血沫的抓痕。

「老闆！你家的貓抓我！」女生憤怒地大喊。

我舔了舔右爪，活該。

「真不好意思！我家的阿拉出了名脾氣很爆，不是誰都能摸牠的，尤其牠吃飯的時候連我都不能摸，忘了告訴你一聲，真的不好意思！」

「一句『不好意思』就能算了嗎？」女生身旁的男生語帶不滿地開腔：「至少也得賠湯藥費吧！」

光頭老闆愣了一下，然後哈哈大笑起來：「兄弟們，現在人家要我賠湯藥費，大夥怎麼看？」

菜館內好幾桌的食客都立馬站了起來，每個人身上都瀰漫着一股江湖氣息，一看便知非善男信女。

男生被這場面嚇得腿軟，女生也臉色發白，唯獨我繼續休閒地吃着晚飯。

「老……老闆……我們知錯了，是我們不好……請你高抬貴手……」

光頭老闆把他倆喊的外賣遞給他們：「你們打擾了阿拉吃飯，向阿拉道歉。」

「阿、阿拉拉拉……對、對不起！」

光頭老闆頷首，兩人立刻一溜煙的跑了。

我吃飽了，重新跳上收銀台，開始洗臉。

遠處傳來奶茶的叫聲，牠打贏了。

我瞇起了眼睛，從菜館門口望出去，打量着這條屬於我的街道。

我就是君臨這街道的貓女王，阿拉。

「九龍菜館」是屹立於這條三教九流的街道上的，唯一絕對中立的存在。無論隸屬於哪個社團、無論職級高低，只要你付得起錢，廚房那個胖子就會為你送上一盤熱騰騰的佳餚。

而我、奶茶跟可力則是位於「九龍菜館」權力塔尖的三巨頭，沒有人（也沒有貓）會懷疑這一點。

三巨頭當中，三當家可力負責公關，牠在人類眼中是一隻胖胖的橘色虎紋貓，人類對牠的外形最沒抵抗力了，他只需要端正坐好叫上幾聲，人類自然便會獻上各式各樣的貓罐頭。

二當家奶茶則是專職打手，不過牠亦因為終日打架導致臉上留下疤痕，牠的外表在人類眼中就不太討喜，加上牠來這兒之前曾經被人虐打過，所以牠一直對任何人類都抱持着濃濃的警戒心。

而本女王嘛……

「老大！昨晚妙妙在街角那邊被流浪狗襲擊，受了重傷！」

本來伏在收銀台後打盹的我，瞬間睜開了眼睛，走上收銀台居高臨下的盯着報信的豬仔：「妙妙傷勢怎樣？」

「命是保住了，但左後腿恐怕是保不住……」

我感覺到自己尾巴與後背連接的位置頃刻炙熱起來，那是曾經存在過一條普通尾巴的地方——在被野狗咬掉之前。

奶茶跳到我身旁，陰冷的神情中帶着一絲關心：「老大，別衝動。」

我伸手摸了摸左耳，那缺了一角的耳朵，同樣是我無法忘記的傷痛。

「奶茶，餐廳暫時交給你了，一隻蟑螂、一隻老鼠都不可以放過，明白嗎？」

奶茶高傲地點點頭。

「老大！」可力聞言連忙跑來勸止，雙耳擔憂得不停轉動，「對方可是狗啊！流浪狗啊！雙方實力太懸殊了！我們不能眼看着老大你去白白……」

「可力！」我狠狠地瞪了牠一眼：「你跟人類是不是太親近了？連人類那種婆婆媽媽的習性也沾染起來了！」

可力嚇得噤若寒蟬。

我向奶茶投以一個眼神：「奶茶，看家。」

奶茶立即走到我平常俯伏的位置坐下，瞇起了眼睛。

我跳下收銀台，向着豬仔昂首：「帶路。」

我踏着優雅的腳步，從喧鬧的餐廳漸漸走進靜寂的街道，整條街的商店除了「九龍菜館」外都關門了，孤清的街道上，唯一的光源便是一盞又一盞昏黃的街燈，把我的影子拖得長長、長長的。

「老大！……」豬仔毛髮倒豎，四腿不自覺的往後退。

嗯，我也看到了，在相隔兩枝街燈距離的轉角位置，有一雙野獸般的血紅眼睛。

我的喉間立刻發出威脅的嘶嘶聲。

對方也發出了同樣代表要脅的低嚎。

我緩慢地張開了口，露出了每天悉心打磨的虎牙。

對方見狀咧嘴而笑，一排白森森的獠牙冒着腥臭的熱氣。

我尾巴和左耳的炙熱感變得更盛。

「吼！」

對方先發制人向我撲過來。

「嘎！」

我縱身一躍爬上了身邊的燈柱，然後半空中迴身，再向着那隻野狗快速撲下。

「嘶！」

野狗舉頭往空中一咬，我剛好扭身避開，日夜鍛煉的爪子乘着體重與速度劃過了他的鼻子。

「嗚！」

野狗的鼻子瞬即冒出鮮血，血紅的眼睛流露出深深的恐懼，連忙夾着尾巴轉身就逃。

「真遺憾！」我輕巧落地後，冷冷地盯着野狗逃跑的背影，「我再也沒有能被野狗咬掉的尾巴。」

豬仔望着我，眼神裏滿滿的都是崇拜。

「九龍菜館」有着日與夜不同的兩面。

在日間，它是一間普通的茶餐廳，做的都是街坊生意，由光頭老闆的兒子負責打理；入夜後，它搖身一變成為提供各式小炒火鍋海鮮小菜的菜館，偏偏它又位於各個社團勢力交接的中心，於是順理成章地，很多社團人士都愛到「九龍菜館」吃飯。

重點是，廚房的大胖子做菜真的超級好吃。

「老闆，為什麼你的三隻貓，一隻叫可力，一隻叫奶茶，一隻卻叫阿拉？這改名的邏輯是什麼？」某天晚上，一個把頭髮染成藍色的年輕女孩問光頭老闆。

她是跟着一個頭髮全金的男生來的，我認得那個男生，他在社團內的地位不會比豬仔在這條街的地位高，簡單來說就是雜魚。

我不屑地把頭捲進胸口中繼續睡覺，會挑這種劣質的雄性作交往對象，證明這個雌性的質素也不怎麼樣。

「第一隻貓是因為我兒子喜歡喝『好立克』，所以叫『可力』；第二隻貓是因為我喜歡喝『茶走』所以便叫『奶茶』；來到第三隻貓的時候剛好輪到廚房大佬改名了，大佬說他喜歡喝『阿拉伯咖啡』，所以決定叫牠『阿拉啡』——不過這名字太難唸，所以漸漸大家都叫牠『阿拉』了。」光頭老闆笑着說。

我不滿地甩了甩尾巴，「阿拉啡」這個難聽到極點的名字，簡直是本女王欲掩埋到貓砂盆而後快的黑歷史，偏偏光頭老闆一看到年輕美女就會口若懸河，把不該說的都說出來了！

當我在認真考慮今晚要不要叼一隻老鼠丟到湯鍋裏的時候，女孩把頭湊近我的尾巴，我瞪了她一眼，喉嚨間發出威脅的呼嚕聲。

「老闆，阿拉的尾巴為什麼這麼短？天生的嗎？」

光頭老闆搖頭：「被野狗咬的，當初我發現牠的時候，牠就是被一隻野狗叼在口中，混身都是血，我好不容易才把牠救下來的。」

好吧，今晚就不丟老鼠進湯鍋了，去抓隻蟑螂放進你的鞋子裏算了吧。

女孩微蹲看着趴在收銀台後裝睡的我，眼神中帶着憐惜：「拉拉真可憐……」

慢着！誰是拉拉？誰跟你拉拉啦？你別隨意改動貓的名字好不好？

女孩邊說，還邊伸出雪白的右手往我頭上摸來。

「小心！阿拉不是誰都能摸的！」光頭老闆急忙警告。

太遲了。

當我感應到女孩的手進入了我攻擊範圍的剎那，我瞬即以迅雷不及掩耳的速度往她手背上抓去！

女孩像觸電般的縮了手。

喵？

爪子上沒傳來熟悉的觸感。

我定神一看，女孩的手背絲毫無損。

「拉拉乖，我不會傷害你的，只是摸摸頭而已……」女孩一邊說又一邊向我伸出手。

這次我凝神靜氣，等到她的手伸至絕對躲不開的距離時，猛然一抓！

咦……？

那女孩……竟然能在我發出攻擊的同時把手往後縮?這已經是貓科級別的動態視力和反射神經了吧!

我抬起頭仔細地打量眼前人,她看起來就只是一個普通的十五、六歲的雌性人類而已,此刻她還睜着一雙銅鈴般的眼睛盯着我看。

她看到我抬頭望她,笑了笑,伸手就要摸我的頭。

我出爪。

她再次成功避開,絲毫無損。

這不可能,真的不可能,怎麼可能有人類的反應比貓快!這不可能!

當我仍一片混亂搞不清情況的時候,一隻溫暖的手已很輕柔地落在我的頭上,摸了摸。

那個……好像還滿舒服的……

我瞇起了眼睛,一邊感受着女孩的撫摸,一邊不定時出爪攻擊她,她每次都成功避開。

她還一臉笑嘻嘻的，好像很享受跟我玩耍的感覺。

我瞇着眼睛感受着她的撫摸，沒辦法，人類就是喜歡摸我們貓族，真的是煩死了。

自此之後，那個藍毛女孩隔三岔五跑來找我，由起初只摸我的頭，手漸漸的不安分游移到我的背，再慢慢的移到我尾巴與背脊交接的敏感位置輕搔着，這人類，真是愈來愈過分了。

「拉拉，舒服嗎？」

我都懶得理她，趴在收銀台上瞇着眼睛假寐。

「小美女，我們要關門了，明晚再來探阿拉吧！」

藍毛女孩戀戀不捨地縮手，笑着對我說：「那我明晚再來探你喔，拉拉！」

誰管你啊……

「九龍菜館」的鐵閘拉下，招牌燈光也熄滅了。

這是人類休息的時間，也是貓族活躍的時間。

深夜，萬籟俱寂之際，在微弱的月色與昏黃的街燈照不到的漆黑之處，我坐在一幢舊唐樓的簷篷上，俯視着可力安排街貓們在垃圾箱翻找食物的情況。

「九龍菜館」每晚都會把不少廚餘或客人剩下的食物丟在後巷的垃圾箱中，這些人類眼中的垃圾，對無家可歸的街貓來說，卻是豐富的盛宴。為免街貓們亂翻垃圾箱而搞得亂七八糟、一塌糊塗，我吩咐可力和奶茶每晚都好好監控着這流程，有不聽話的、搗亂的傢伙，就直接趕走，永遠不許再回來。

「老大，最近你身上多了一股人類的味道。」

奶茶如魅影般突然在我身邊出現，臉上的疤痕隱隱然露出一股怒氣。

我瞪了牠一眼：「我們本來就是在人類的地方生活，沾上人類的氣味，有什麼稀奇？」

「可是，老大，你以前不會讓光頭以外的人類碰你的。」

我轉了轉耳朵：「你也看到我一直有攻擊那個藍毛的人類吧？」

奶茶弓起身子，用陰惻惻的眼神看着我：「老大，你以前從來沒失手過。」

奶茶身上陡地傳出一陣殺意。

我坦然地坐着，眼裏的瞳孔放得老大，輕柔地說：「我以後也不會失手，奶茶，你確定要跟我動手嗎？」

奶茶把長長的尾巴甩得「啪啪」作響，青綠的眼睛一直盯着我。

遠處傳來了通宵巴士行駛的聲音，驚醒了樓上某戶的人類，突然亮起的燈光從窗戶漏出，在我與奶茶之間劃了一道光影的裂痕，可力依然毫不知情地跟街貓們在垃圾箱中尋找食物。

良久，奶茶放鬆了身體，扭頭便走：「我的敵人，只有人類。」

「不是每個人類都是邪惡的，奶茶。」

奶茶藏在黑暗中的身影，彷彿傳來一聲冷笑：「對，除了菜館內的奴才們。」

我歎了一口氣，我跟奶茶明明經歷過同樣的傷痛，為什麼性格就相差那麼多呢？

但三天後我便明白，我的擔心是多餘的。

「荼荼，你喜歡摸肚子嗎？哈哈，你滾來滾去的樣子好可愛喔！」

看着在「九龍菜館」門口滾地板露出肚子要藍毛女孩摸的奶茶，我忍不住把雙耳和鬍子都用力往後扯了一下。

奶茶！你的堅持呢？你的骨氣呢？你的驕傲呢？

這個藍毛女孩，果然很危險！

當晚打烊後，三巨頭坐在「九龍菜館」的閣樓，相對無言。

良久，還是我先開腔：「奶茶，最近你跟那個藍毛女孩混得很熟嘛？」

奶茶乾咳了一聲：「我這是在了解她的本事，看看她到底有什麼能耐可以讓你也束手無策。」

「那你了解到什麼嗎？」

奶茶又咳了幾聲：「她確實是一個頑強的對手，下手迅速、熟悉我們的弱點，而且身上的氣味還滿不錯……」

「奶茶！」我壓低嗓子斥責着，「我們是貓！我們要維持着貓的尊嚴！就算藍毛女孩再厲害，但她始終非我族類，我們得對她保持戒心！」

她現在都摸你不摸我了！臭藍毛，見異思遷，就説人類信不過！

奶茶翻了個白眼，打了個不以為然的噴嚏後便搖搖尾巴走了。

我氣得一直在抓鬍子，可力瑟縮在一角不敢作聲。

翌日，光頭老闆發現奶茶倒在廚房門前，氣息微弱，嚇得生意也不做了，急忙送奶茶去動物醫院治理。

可力一臉擔憂的看着我：「奶茶會沒事吧？」

我故作鎮定：「大概是叼了隻吃過老鼠藥的老鼠，所以不小心中毒了吧？看過醫生後應該便會沒事，可力你別擔心太多。」

咳咳。

奶茶翌日沒有回來。

看光頭老闆的神情，我估計奶茶的狀況應該還好，寬下心來的我揉了揉眼睛，便跑到閣樓睡覺去。

「老闆，怎麼今天不見拉拉和茶茶？」

「小美女，奶茶生病了在住院，不過阿拉今天真的一整天都沒見人……我去放點貓糧喚牠出來！」

迷糊之間，我的耳朵還是捕捉到光頭老闆放貓糧的聲音，換作平時，我早就踏着優雅的步伐享用晚餐去了。偏偏今天身體沉重得很，眼皮有點睜不開，先睡了再說。

幾天後奶茶還是沒有回來，聽光頭老闆說，奶茶牠患上了貓型感冒，要關在家中隔離七天以免傳染給我們。

巡邏街道的任務落了在三當家可力的身上，我則繼續蒙頭大睡。

「拉拉，你還好嗎？」一把熟悉的聲音傳入耳中。

我勉強睜開眼睛，一個藍色的身影隱若可見。

「老闆！拉拉很不對勁！」

「是啊，可能是奶茶的感冒傳染給牠了。我有把醫生開給奶茶的藥餵給牠吃，應該過兩天便會痊癒吧！」

「老闆，你看拉拉的眼睛。」

「眼睛怎麼了？」

「堆滿了眼垢，如果不清理，會堵塞貓咪的淚腺，引致眼睛發炎，最壞情況下會瞎的！」

「那……那怎麼辦？」

「我這兒有消毒濕紙巾，就讓我來幫牠擦一下眼睛吧！」

睡得迷糊的我，冷不防被一雙溫暖柔軟的手抱起，當我正想掙扎的時候，我已經被反身抱在某人的懷裏。

藍毛的體溫透過胸口和雙臂傳遞到我的身體，她身上那種甜甜的氣味使我放鬆了下來，我象徵式的掙扎了一下，便由她抱着了。

突然，眼睛傳來一陣刺痛，使我整個人驚醒過來。

我的爪子霍然抓向空中。

藍毛一邊用消毒濕紙巾替我拭去眼垢，一邊柔聲對我說：「拉拉乖，我知道這濕紙巾有酒精會有點刺痛，你就忍一忍，忍一忍……」

爪子僵了在半空，一直沒有落下。

我知道，此刻，如果我要抓下去，藍毛是不會縮手的。

頃刻之後，我緩緩收回了爪子，輕輕的叫了一聲。

如果藍毛聽得懂貓語，她就能聽出這輕叫一聲的意思大概是——真的很刺痛，快點完事啦，你這笨藍毛。

從那天開始，藍毛每晚都會來「九龍菜館」幫我擦眼睛，只是之後她都改為用化妝棉沾溫水輕擦我的眼睛，我總算不須再受酒精刺眼之苦。

一星期過去，奶茶結束隔離，回歸了餐廳，我也差不多痊癒了，終於有胃口吃晚餐。

「拉拉，這貓糧好吃嗎？要不要買罐罐給你吃啊？」

藍毛女孩一邊摸着我的背脊一邊問。

我低着頭吃飯，不理她。

「小美女，從來沒有人能在阿拉吃飯時摸牠的，你是第一個！」

我暗地裏瞪了光頭老闆一眼，心中決定，今晚無論如何都要丟幾隻活蟑螂入他的更衣室「放生」。

當我回過神繼續享用晚餐的時候，金毛男突然出現，還一手把藍毛女孩拖進餐廳的一角竊竊私語。

氣味不對。

那個金毛男本身就帶着社團雜魚的臭味，但今天除了這點，他身上還帶着別種氣味。

濃濃的，不安好心的，惡意。

我不經意的走到他們附近坐下，裝作要洗臉的樣子，耳朵卻直直的豎起，靜聽着他們的對話。

雖然他們躲在餐廳的一角，又壓低了聲音說話，但對於連老鼠的腳步聲都能聽得一清二楚的我來說，他們的聲線壓得再低，也像是在我耳邊呢喃般清晰。

「若藍，你是愛我的對吧？那就為我做一次好嗎？」

「阿俊，當初交往時不就說好了，我不介意你是社團中人，但我絕對不會做犯法的事嗎？」

「若藍，就一次……不過是幫忙把這包東西送到一個地方而已，舉手之勞，你就不能幫幫我嗎？難道你是這麼無情的人嗎？」

「……你先說，這包是什麼東西？」

「這包東西是什麼你先別管，總之如果今天之內送不出去的話，我便大難臨頭，囂老大是真的會把我打死的，你也不忍心看着我死吧？」

「你不說，我不送，我不幹犯法的事情。」

「寶貝，你聽我說，你才十五歲，就算被抓也頂多是警司警誡，連案底都不會留下；可是我一旦被抓，至少得吃幾年牢飯，難道你忍心跟我分隔幾年嗎？我這麼愛你，你感覺不出來嗎？你就這麼絕情嗎？」

金毛男邊說還邊親了藍毛女孩一口。

我聽着聽着皺起了眉頭，那個金毛男好像在逼藍毛做一件非常危險的事情，還說愛他就要為他冒險？

作為貓族，我實在是搞不懂，我們只會千方百計讓自己的伴侶和族羣遠離危險，愈重要的夥伴就愈要好好保護，哪來人類這種奇怪的論調？

看來藍毛女孩也有同感，她一把推開了金毛男：「阿俊……對不起！我還是辦不到！」

「若藍！」金毛男已經急得直跺腳。

「俊仔，叫你辦的事辦得怎麼樣了？」

冷不防一把粗豪沙啞的聲音在門口迸發出來，差點把我震聾。

金毛男立即緊緊抓住了藍毛女孩的雙手：「囂……囂老大！事情……在辦了，若藍會負責把東西送去的，放心！」

藍毛女孩掙扎着：「我沒答應過！」

滿臉橫肉的囂老大，眼神瞬即變得冰冷：「傻仔，你連自己的女人都搞不定？」

當我嗅到危險的氣息時，囂老大已經丟下他那羣手下，一個箭步走到藍毛女孩面前，揚手就是狠狠的一個巴掌摑在藍毛女孩的臉上！

藍毛女孩來不及反應被摑至倒地，她呆若木雞的躺坐在地上，右手捂着已經開始腫起發紅的右邊臉。

「你只有兩個選擇：幫我把東西送了，讓我賺到錢，或你不用送東西，但用別的方法幫我賺到相同數量的錢。」囂老大不懷好意地打量了藍毛女孩幾眼，嘴角勾起了一抹邪惡的微笑。

眼淚，從藍毛女孩的眼眶溢出。她捂着臉，一直流淚，一直搖頭，徹底惹火了囂老大。

「那你是選擇後者了？好！」

隨着囂老大的一聲「好」，兩個手下立即走到藍毛女孩身邊，一左一右的挾着她的臂膀。

「放開我！我又不是社團的人，憑什麼要我幫你們辦事！」

「哈哈哈哈……你這白癡女孩，這世界可沒你想像得這麼好混！」

囂老大饒有興致的打量着藍毛女孩的表情，獰笑着說：「你以為現實像學校一樣，會下課？有校規？可以說走就走嗎？別傻了！在你找了一個社團中人當男朋友的時候，你就已經成為社團中的一分子了！」

「我……我不要加入社團！」

「這輪不到你的個人意願，帶走！」

一道黑影在半空中掠過。

「啊！好痛！」

挾着藍毛女孩的兩個人幾乎是同時間縮手，他們的手背上都有着三道深深的爪痕。

「阿拉？」

啊啊，煩死了，為什麼這藍毛女孩總是給我惹麻煩呢？

我踏着優雅的步伐走到藍毛女孩跟前，坐下。

奶茶悄然無聲走到一個陰影的位置預備着。

可力用快而安靜的步伐急忙衝出餐廳。

我在藍毛女孩身前昂然地端坐着，像平常坐在收銀台前般，瞇起眼睛打量着面前的人類。

想欺負我的奴才，先過女王這一關吧。

「臭貓！」剛吃了我一爪的一個肌肉男伸手就向我抓來。

我猛然睜大了眼睛，肌肉男的動作在我眼中比野狗要慢多了，而且人類的筋骨沒有狗那般靈活，我光看他肌肉的施力點，就能估計到他動作的軌跡。

在肌肉男的手離我頭頂還有一個身位的距離時，我儲力已久的後肢陡地一躍，像一顆炮彈似的直衝肌肉男的腦門！

「啊，我的鼻子！」肌肉男發出慘叫。

我優雅地着地，重新走到藍毛女孩跟前，端正地坐着，瞇起了眼睛。

「廢物！都是廢物！你們是有多廢才會連一隻貓都搞不定！」囂老大拿起一張椅子直接就向我摔過來，「不過是一隻貓！」

我的瞳孔倏地放大，腦海中計算着椅子的軌跡——我能躲過，可是我不能躲。

如果我躲了，椅子就會直接摔在藍毛女孩的身上。

「阿拉！」

在椅子擊中我身體的那一刻，我眼角的餘光瞥到了一直隱藏身影的奶茶，像一道白色的閃電般掠過了囂老大的臉龐。

「啊啊啊啊啊，我的眼睛啊！……」

身體傳來一陣劇痛，剛吃完晚飯的胃部在顛覆翻騰，我乾嘔了幾聲，突然感到一陣熟悉的暖意輕柔地包裹着自己，我勉強睜眼一看，藍毛女孩正把我深深抱在懷中。

奶茶走到我剛坐着的位置，一臉陰沉地打量着餐廳內的人類。

「老大，今天這場架，看來贏不了，人類果然就是禍胎。」奶茶望向我，「不過，你是個好老大，如果有來生，我希望能繼續做你的二當家。」

「給我把那兩隻畜生宰了——！」

在眾多人類行動之前，突然出現了多把聲音。

喵喵……喵……喵喵喵……

聲調高低不一的貓叫聲同一時間圍着「九龍菜館」響起。

「怎、怎麼了？」

不知何時，可力已站在餐廳的門口，身邊並立着的是——妹頭。

我耳朵一抖：「妹頭？」

妹頭眼睛閃過一絲戲謔：「想不到大名鼎鼎的阿拉女王也有這樣半死不活的一天啊，呵呵。」

「你是來看我倒霉的嗎？」我虛弱地說，「時間還真是剛剛好。」

「感謝抱着你的那個人類吧。」妹頭弓起身子，喉頭發出了低沉的嘶嘶聲，「她常常買貓罐頭進貢給我吃，今天，我是來確保糧食的。」

真是到處留情的藍毛。

可力昂首長嘯。

「大夥們，出來吧！」

可力話音剛落，蟄伏已久的大夥兒，立即從「九龍菜館」的每個縫隙中湧現出來，密密麻麻的把整間餐廳團團圍住。

整條街的家貓、店貓、野貓都來了。

櫃子上、餐桌上、地板上、窗台、收銀台、門口，都是一雙雙閃着反光的眼睛。

「怎麼回事？好……好多貓！」金毛男阿俊發出恐懼的尖叫。

「哼！再多也不過是貓！把牠們全都給我宰了！」囂老大擺出鎮定的姿態，但他聲線中的抖震瞞不過我的耳朵。

全場的貓兒同一時間霍地把視線集中在他身上。

每一雙的貓眼睛，都閃耀着妖異的光芒。

獵人跑進森林中，自以為能夠捕獵弱小的羔羊；但他們卻沒留意到，躲在暗處的狩獵者正向他們露出了獠牙。

囂老大，你有一句話說對了，這兒絕對不是學校。

今晚，是獵人被狩獵的夜晚，這裏是弱肉強食的森林。

我艱難地從藍毛女孩的懷中坐起，目光爍爍的盯着囂老大。

我們貓族認定的獵物，從不輕易鬆口。

「老……老大！」

「活見鬼了！走，快走！」

當囂老大領着手下正要落荒而逃時，門口出現了另一羣人制止了他。

「警察！全部別動！」

是光頭老闆躲在廚房中報的警，他報警時的聲音可沒逃得過我的耳朵。

大夥兒見狀，立即以貓族的高速作鳥獸散，在警察進入餐廳的時候，他們只看到奶茶、可力和我。

「喵……」可力還有餘暇裝出一副人畜無害的可愛模樣。

我鬆一口氣，還來不及瞄藍毛女孩一眼，眼前一黑就昏了過去。

「阿拉！」

事情告一段落後，我被關在光頭老闆的家中，休養了足足一個月。

大病初癒，卻又身受重傷，經過這麼一番折騰，我也感到自己體力大不如前。

該是交棒的時候了。

「老大！你在說笑吧？我？怎麼可能是我？」一臉驚詫的可力瞄了奶茶一眼，「論資排輩應該是由二當家接棒……」

「我沒興趣當老大，我只喜歡打架。」奶茶一邊洗臉一邊乾脆地拒絕。

「可力，以後這兩條街就交給你跟妹頭打理了，你們要好好管理、保護大家，明白嗎？」我坐在收銀台上，看着門外的街道，淡淡地道。

「老大！我跟妹頭……」

我不耐煩地抓了抓鬍子：「少廢話，你倆的戀愛氣味，相隔一條街我都嗅到了。」

可力不好意思地抖了抖耳朵：「那麼，老大，我現在可以去找妹頭告訴她這個消息嗎？」

我搖了搖短短的尾巴表示同意，可力便立即衝出餐廳不見影蹤。

奶茶放下洗臉的手走到我身邊，臉上已經少見那陰冷的神情，我倆並坐在一起，看着被陽光蒸發着的街道。

「沒想到『九龍菜館』竟然還可以營業。」奶茶先開腔。

「就算是森林，也有它的規矩。打算恃強淩弱的人，終會有被弱肉強食的一天。」我看了奶茶一眼，「森林本身沒有錯。」

奶茶同一時間也看着我，我倆少有的四目交投。

「奶茶，其實你可以接棒當這條街的王的。」

「我沒興趣，我只認你一個老大。」

「……我已經從王座上退下來了。」

「我知道，但我還是只認你一個老大。」

奶茶跳下收銀台慢慢踱步走進陽光中，懶洋洋地躺下。

我怕熱，還是回閣樓睡覺去吧。

甫轉身，便聽到一把熟悉的聲音從遠處傳來：「茶茶！來摸摸！」

還有那熟悉的香味。

我立刻跳下收銀台，衝出餐廳門口，只見穿着一身白色連身校裙的藍毛——不，她把頭髮染回黑色了——正在餐廳門口半蹲着，笑意盈盈的向我拍着手：「拉拉！好久不見了！」

我後腿蓄力一躍，飛躍進陽光之中。

害我等好久了，你這笨藍毛！

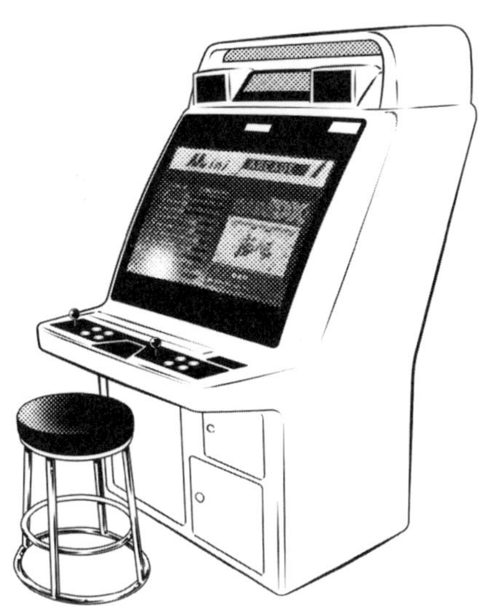

短篇故事

世界

髮

手

世界

海兒打從一開始就知道，自己跟艾雲是兩個世界的人。

自己只不過是一個以普通的成績考進一所普通的大學，主修普通的科目的一個普通二年級學生，簡單來説，就是一個普通、平凡、隨處可見的女生。

但艾雲和他的朋友卻是世人眼中的青年才俊、天之驕子，他們都穿着用料高級、剪裁得體的貼身西裝；腳上穿着設計略為花哨、永遠一塵不染刷得發亮的真皮皮鞋；右手戴的是點綴着鑽石的勞力士，腰間圈着的是那些最高檔名牌過萬元的皮帶，皮夾相對比較簡樸，只不過是淨色的真皮皮夾，再鑲上那名牌的燙金標誌而已。

當艾雲和他的朋友一起出現時，一個個刻意打理過卻又顯得自然的髮型、乾淨精明的臉孔、長期在健身室操練出來的優美的身體線條，在旁人看來就是一道美麗的風景線。

海兒怎麼也沒想到，自己會跟這麼一道優雅美麗的風景線扯上關係。

一切都是「機緣」，打機結下的緣分。

每逢星期五晚上，這羣天之驕子都會相約下班後，在某間位於商業區與蘇豪區之間的遊戲機中心來個打機聚會——即使是天之驕子，但說到底他們也不過是二十多歲，三十未滿的男生，還是有着一般男生的興趣愛好的。

海兒就是在機舖遇上艾雲和他的朋友。

作為一個「女漢子」，海兒自問除了生理上的性別外，她大部分的喜好和性格都跟男生沒有分別，她喜歡打機，每逢星期五下課後，都會偷偷跑到遊戲機中心玩好個幾小時才回家，而且，她打機的技術比很多男生還要好。

「你打機滿厲害嘛，能不能跟我們分享一下心得？」

這是艾雲跟海兒説的第一句話，而説出這話的三秒前，艾雲剛成為了海兒的手下敗將。

海兒抬頭一看，艾雲溫柔清爽的笑容，首次映入了她的眼簾，也映進了她的內心。

這是海兒這輩子第一次意識到，除了生理上的性別外，她在心理上跟男生還是有所不同的。

到底是人夾人緣還是機緣巧合，海兒也說不上來，她只知道自己霎眼間已被艾雲和他的朋友接納，沒來由的成為了「青年才俊」這團體的一分子。

熟稔下來之後，海兒看盡了「才俊」的真面目。

團體中有一個人叫翔少，是一個像韓國明星一樣帥氣的男生，同時也是團體中最有名、最成功的花花公子。

每次他都會携同「女朋友」一同出席打機聚會，可他身邊的「女朋友」每次都不是同一個人，起初海兒還會嘗試去記住那些女生的名字，到後來由於名字的數量實在太多，海兒放棄了這個漫長的記憶考驗，索性一視同仁，一律叫「阿嫂」。

這些「阿嫂」的共通點都是年青、漂亮、身材火辣，而且海兒知道每個星期五晚上，翔少總會提早離開聚會，擁着「阿嫂」的小蠻腰往精品酒店的方向走去。

「要泡妞，當然是泡十八歲的！十八歲的女生只需一個哈囉吉蒂便滿心歡喜的主動投懷送抱；二十八歲的女生既自視過高又崇尚物質，你就算送她一個愛瑪仕，她還是會兩眼一翻，給你一個老大的白眼……做人，何必捨易取難呢？」

聽完翔少這番「泡妞偉論」後，海兒也是兩眼往後一翻，翻了一個老大的白眼，但身邊其他人卻是擊節讚賞大聲叫好，除了，艾雲。

海兒留意艾雲很久了，他不像其他人，對於泡妞的話題興趣不大，也幾乎不搭話，只是靜靜地坐在一旁，微笑着點頭；當其他人在看那些百多元一本的高級潮流雜誌研究跑車名錶時，艾雲卻會拿着一本十多塊的遊戲雜誌看得津津有味；當眾人在打完機吃完飯後結伴前往酒吧獵豔時，艾雲往往托詞先行離開……

海兒把一切都看在眼裏，她感覺到艾雲跟他的朋友是兩個世界的人，難怪即使身處於人羣當中，艾雲溫暖的眼神深處總是有淡淡的、藏不住的寂寞。

每次看到艾雲那溫柔而孑然的社交笑容，海兒總是有股想上前拭去他眼底那份孤獨的衝動。

但自己哪有資格去做這種事？

低頭看了看自己身上穿着的黑色短袖運動上衣和鬆垮垮的廉價牛仔褲，還有腳上穿着那對曾經是螢光粉紅如今已蒙上一層灰的波鞋，海兒深深明白到，自己跟艾雲是兩個世界的人。

海兒選擇了，她安靜地守望艾雲。

打機的時候，她總是靜靜地坐在艾雲身旁，看着他認真而興奮的側臉，暗暗微笑着；吃飯的時候，不知何時開始，大夥兒總會不謀而合的把艾雲身旁的位置留給她，好讓她可以把頭湊近艾雲的肩膀，看他手中的遊戲雜誌。倘若艾雲不在的時候，海兒總是失魂落魄的，連打機的興致也缺缺，這一切，都被其他人看在眼裏。

「海兒，艾雲去年跟拍拖十年的初戀女朋友分手後，便一直單身到現在。坦白說，你不是他喜歡的類型。」翔少鮮有的直白，他是真的把海兒當成妹妹而不是「獵物」，所以才直接向海兒提出忠告。

這道理，海兒比誰都懂，但她也比誰都明白，愛情跟打機不一樣，不是你想不玩，就能抽身而退的。

為了更接近艾雲的世界多一點，一直自詡為「女漢子」的海兒開始把頭髮留長，並把髮色由樸素的深褐色改染成亮麗的寶石紅，把心一橫脱掉厚重的眼鏡，學習化妝；家中那堆運動服牛仔褲通通束之高閣，取而代之的是帶有花紋的針織上衣與半截裙……儘管如此，艾雲對海兒的態度還是老樣子，不冷，也不熱；不抗拒，但也沒接受的傾向。

直到那一晚，海兒收到艾雲的電話。

那是一個普通的星期五晚上，大夥在吃過飯後便聯羣結隊的往酒吧方向走去。艾雲少有的沒有托詞離開，翔少向海兒打了個眼色，她想了想，最終還是決定告辭回家。

當海兒走到地鐵站的候車月台時，上一班車剛好開走，海兒無奈地抬頭看着「下一班車將於八分鐘後抵達」的告示，背靠着月台光滑的牆壁，深深的歎了一口氣。

過了沒多久，海兒的電話突然響起，是艾雲的來電，這是艾雲第一次主動打電話給她。

海兒看着手機的屏幕，心中閃過一絲疑惑，最終還是接聽了。

「喂？艾雲？」

「海兒！」艾雲的聲音有着明顯的醉意，「今天晚上這酒吧一個女生也沒有！你快點上來湊個數！」

「酒吧怎麼可能沒女生？……」海兒話未說完，艾雲已經掛上了電話。

這時列車剛好抵達月台，朝着海兒打開了車門。

這是艾雲第一次跟她說，需要她。

海兒一咬牙，轉身離開了月台。

或許，今晚是命運安排的契機。

或許，今晚就是他們關係的轉捩點。

或許，從今晚開始，兩個截然不同的世界，會從此重疊。

海兒抱着一絲期待，乘升降機抵達酒吧的門口時，腳步卻在酒吧的入口處遽然停止。

在迷離曖昧的燈光下和震耳欲聾的音樂中，海兒一眼就從人羣中認出了艾雲。

他身邊正坐着一個像模特兒般漂亮的女人。

儘管燈光昏暗，但海兒卻比任何時候都看得清楚。艾雲不再是機舖內那個單純地會為一場勝利而高興的天真男生，此刻，他臉上掛着的是一個成熟男人的表情，那是海兒從來沒見過的表情。

「一個女生也沒有」？

一股屈辱與悲哀的感覺從海兒心底升起。

她昂起頭，轉身離開，剛好碰上從洗手間出來的翔少。

「海兒，你怎麼來了？」翔少一臉詫異。

「艾雲打電話叫我來的。」海兒低聲地說。

翔少一臉恍然：「既然來了，怎麼不進去？」

「不了，我不屬於這個世界。」海兒拼命的抑壓着自己的聲音，「請別告訴他，我來過。」

翔少把視線投向艾雲所在之處，又回首看了看海兒，最後點點頭：「好的，那你回家要小心。」

海兒走了之後，翔少拿了兩杯啤酒走到艾雲身旁，一杯放在艾雲跟前，另一杯伴隨着迷人的微笑，遞向那個模特兒般漂亮的女人：「小姐，我能請你喝一杯嗎？」

漂亮女生會意，微笑着接過了啤酒，起身離開。

艾雲望向翔少：「怎麼了？這不像你啊。」

翔少罕有的一臉認真：「你剛剛為什麼打電話叫海兒上來？」

艾雲避開了翔少的眼神，囁嚅道：「我……喝醉了……」

「還真看不出來。」

「……然後，有點想見她……」

「那你為什麼又跑去跟別的女生聊天？」

「因為……我不能跨過那條線啊……」艾雲苦笑，「我跟她，是兩個世界的人……」

翔少輕歎了一口氣，算是默默認可了艾雲的理由。

只是不知道此刻可憐的海兒怎麼了？

此刻的海兒，正神不守舍地走回地鐵站。

到底自己是怎樣從酒吧走到地鐵站的呢？她幾乎完全沒有印象。

她滿腦子都是艾雲剛剛那「成熟」的模樣。

是的，海兒打從一開始就知道，自己跟艾雲是兩個世界的人。

他和她，只是剛好，在機舖的世界中，僅此一點的相交，僅此而已。

僅此而已。

海兒回到先前候車的同一位置，月台上繼續顯示着「下一班車將於八分鐘後抵達」的告示。

一切就像沒改變過。

同一個月台、同一個位置、同一個女生，那個女生還是同樣的背靠着牆壁昂起頭，月台還是同樣的空蕩蕩，唯獨，地板上多了點點滴滴的水痕。

當水痕乾掉之後，這世界就會回復如初了吧。

（此文曾輯錄於《2022 年香港小說學會文集》）

髮

湯米第一次看到嘉盈時，她還只是一個剛唸小學的女娃。當時她的小手正緊緊地拖着媽媽的手不放，胖胖白白的臉上有着掩不住的好奇心，黑碌碌的眼珠到處亂轉，打量着這個陌生又新奇的環境。

「湯米，我女兒剛升上小一，我答應了要帶她來髮型屋弄個漂亮的髮型上學，你就看看怎樣順道幫她弄一下吧！」嘉盈的媽媽是湯米的熟客，湯米把她的弦外之音聽得非常清楚——逗小孩玩的，隨便就好，不是這樣也要收費吧？

湯米心領神會，從媽媽的手中接過嘉盈的小手，小心翼翼的把她扶上髮型屋那顯得過大的黑色皮椅：「大小姐，你想弄個怎樣的髮型啊？」

「漂亮的！」小女孩毫不猶豫地回答。

湯米失笑：「哥哥弄的髮型每一個都漂亮，可是我得先知道你的要求呀！」

「嗯，我的要求就是要『漂亮的』。」小女孩大大的眼睛看着鏡中的湯米，露出了天真爛漫的笑容：「謝謝哥哥。」

湯米這輩子都不曾告訴他人，那一天他在一個小學女生的頭上下了血本，而且最後還沒有收錢。

日子一天天的過去，在湯米的悉心打理下，嘉盈長着一頭烏黑亮麗的青絲，每次當湯米的梳子從她的頭殼慢慢滑向她的背部時，心中總是有一股難以言喻的滿足感。

但孩子的成長總是殺人一個措手不及。

「我想染成薰衣草紫。」鏡中的嘉盈堅定地說。

湯米幾乎是想也不想便一口拒絕：「染紫色一定要漂髮，太傷髮了，不行。」

「這是我的『要求』，湯米叔叔。」嘉盈一臉倔強。

已經由「哥哥」變成了「叔叔」的湯米，胸口陡然揪緊了一下。

「不行，我不會做任何傷害你頭髮的事。大小姐，如果你堅持，請另找高明。」湯米堅決拒絕，這是他的職業尊嚴……大概是。

嘉盈如他所說，走了。

之後有很長很長的一段時間，湯米從嘉盈媽媽的手機中，看到嘉盈不但染了薰衣草紫，還有獨角獸粉、芒草綠、珊瑚橙……而且嘉盈還捨棄了一直以來的長直髮，什麼長瀏海空氣卷、雙色水母漂、龐克陰陽頭通通全往頭上丟，看得湯米心驚膽顫。

又過了好一段日子，當嘉盈母親的頭髮漸漸稀疏得不需要再來髮型屋打理的時候，嘉盈再次出現在湯米面前。

那是一頭因長期漂染又缺乏護理的枯黃。

嘉盈坐上略見破舊的皮椅，湯米為她披上黑色的圍布，二話不說，手起刀落，把開叉發霉的頭髮一撮一撮的剪走。

剪刀咔嚓咔嚓的交錯着，彷彿剪斷了嘉盈對外面花花世界的牽掛，落了一地受傷過後的分岔。

湯米用了店內最好的髮膜給嘉盈的頭髮做了急救護理，當他久違地把梳子插進她那剛吹乾的頭髮時，嘉盈低聲說了一句：「對不起。」

湯米放下了梳子，雙手溫柔地沿着嘉盈的頭的兩側一撫而下，他看着鏡中的大小姐，一臉認真地說：「全交給我吧，以後我絕不會再讓你的頭髮受到一絲一毫的傷害。」

嘉盈看着鏡中的湯米叔叔，雙眼瞬間噙滿了淚水：「嗯，謝謝哥哥。」

（此文曾輯錄於《2022年香港小說學會文集》）

手

心怡走進公司的茶水間，看着新來的男同事在盥洗盆旁按着左手食指，一臉痛苦。

「怎麼了？」

男同事的視線投向掉在地上的水果刀：「我剛想用刀剺開裝着咖啡豆的袋……」

心怡暗地裏翻了個白眼，表面上仍是一副關切的表情：「你的手指割到了嗎？傷口深不深？」

男同事顫顫巍巍的伸出左手，其速度之慢與手腕之抖，令心怡有一刹那覺得自己像在某暗巷中打劫眼前人，而他正極不願意地交出自己的錢包。

心怡不是一個有耐性的人，她直接抓住了男同事的手往眼前湊近。

「割傷很淺，把血止住就沒事了。」

「可……可是……好多血……」男同事踉蹌了幾步，嘴唇發白，彷彿下一秒就要昏倒似的。

「你去急救箱找片大的藥棉緊緊按住傷口，頂多二十分鐘就能把血止住了。」心怡的語氣充滿了自信。

「好，好的……」男同事怯生生地抽回了手，拖着腳步離開了茶水間。

心怡突然佇立在茶水間，呆呆地看着自己的右手。

男同事那左手的餘溫，正從她的掌心揮散着。

似曾相識的熟悉感。

一年前，中學時的班主任要榮休了，幾個同學牽頭辦了一個榮休晚宴，把班主任記得和不記得的歷屆學生都邀了一遍，場面很是盛大。

由於不同年級的學生實在太多，所以主辦單位很貼心的為每位參加者提供一張白色的便利貼，好讓大家寫上自己的名字和畢業年份，不然班主任一時喊錯名字，場面就尷尬了。

心怡就是在這兒重遇上君乙的。

當年，心怡是頑劣學生中的大姊頭，校內只要是老師看不見的地方，都是她的勢力範圍；而君乙除了是全年級第一的學霸外，還是深藏不露的「知識型犯罪分子」——當這樣的兩個人遇上，理所當然地，即使在老師的眼皮下壞事做盡，也是悄然無聲無息的。

但他們也沒做多大的壞事，君乙說，作為一個人，就要有底線，有些事不能做，做了，人就變成了野獸。

心怡都聽他的，因為她知道他比她聰明。

小弟們都期待着大姊頭的單戀有心願得償的一天，只有心怡知道這不可能，因為君乙太聰明，也因為自己太笨了。

君乙很聰明，他很清楚自己需要什麼，他需要的是一個跟他一樣聰明的女生。

畢業那一天，輕鬆地考進了外國著名大學的君乙，向勉強考上本地大學的心怡伸出了手：「後會有期。」

「共事」六年，那是心怡第一次感受到君乙的手溫。

「你是君乙？」心怡看着眼前人，跟記憶中的那個模樣互為印證着。

「嗨，心怡，好久不見。」君乙露出成熟的微笑，依舊瘦削的臉龐上多了幾道顯眼的皺紋。

對於那一場晚宴，心怡已經沒什麼記憶。她唯一記得的是，那晚她跟君乙一起提早離開會場，當她毫不猶豫地撕下貼在胸前的便利貼時，剛好瞥見君乙也在做相同的動作。

心怡向着君乙攤開右手：「我順道幫你丟掉？」

君乙看着心怡的手，沉吟了一下，然後攤開了自己的左手，搓成球狀的便利貼正靜靜地躺在他的手心。

心怡沒想太多，直接五指成爪的往君乙掌心的紙球抓去，甫抓起紙球，她便三步併兩步的跑向街角的垃圾桶，往裏頭丟進了兩個小紙球。

回首，君乙已消失無蹤。

心怡看着自己的右手食指、中指、無名指——三指的指尖，還依稀殘留着在君乙掌心擦過的觸感。

那是一種怎樣的觸感呢？大概是，上升的體溫、加速的心跳、與莫名其妙的呼吸困難。

絕對不是剛才抓住新同事的手時那種坦蕩。

心怡拿着空的保溫瓶走出茶水間，瞧見新來的男同事正在公司的角落跟一卷繃帶纏鬥着。

「血是止住了，可、可是，我單手沒法幫自己綁繃帶……」男同事一臉楚楚可憐，像八號風球下在街上無家可歸的流浪狗。

心怡笑了，一把抓住了他的手。

「來，我幫你吧。」